Chère lectrice,

Je vous le dis tout net : nos héros, ce mois-ci, sont vraiment étonnants. Dotés d'une volonté farouche, ils triomphent de tous les obstacles — ce qui, franchement, n'était pas gagné d'avance. Car vos auteurs favoris semblent s'être donné le mot pour multiplier les embûches sur le parcours de ces messieurs. Divergences d'opinion ou d'éducation, malentendus, fiançailles rompues, héroïnes rebelles ou entêtées... Rien ne leur est épargné ! Mais, de tous les maux qui les assaillent, le pire est sans doute l'incertitude. Qu'il s'agisse de Joshua, chargé d'enquêter sur la moralité d'une ravissante mère célibataire (Azur n° 2039), de Daniel, le millionnaire qui craint de n'être qu'une proie facile pour la jolie Mandy (n° 2041), de Nikolaï, aux prises avec une fougueuse intrigante (n° 2043) ou de Selby, découvrant qu'Abby est une journaliste *très* curieuse (n° 2045), une même conclusion s'impose : accorder sa confiance, c'est toujours prendre un risque. Surtout si l'on doute de l'honnêteté de l'être aimé... Des doutes, Celia, qui craint d'avoir été épousée par calcul (n° 2042), mais aussi Matt, Frazer et Michael en nourrissent autant. Car la lutte qui les oppose à leurs rivaux est forcément inégale. Comment en effet l'emporter contre un amant ou un mari dont le souvenir hante encore celle que vous aimez (n° 2040 et 2044) ? Que faire contre un fiancé trop riche et trop célèbre (n° 2046) ? Devant tant de questions sans réponse, nos héros s'imagineront d'abord vaincus... Mais rassurez-vous : ils retrouveront bien vite espoir !

Bonne lecture !

La responsable de collection

Un enfant tant attendu

LIZ FIELDING

Un enfant tant attendu

COLLECTION AZUR

Cet ouvrage a été publié en langue anglaise
sous le titre :
THE BABY PLAN

HARLEQUIN ®

est une marque déposée du Groupe Harlequin
et Azur ® est une marque déposée d'Harlequin S.A.

Toute représentation ou reproduction, par quelque procédé que ce soit, constitue-
rait une contrefaçon sanctionnée par les articles 425 et suivants du Code pénal.
© 1999, Liz Fielding.
© 2000, Traduction française : Harlequin S.A.
83-85, boulevard Vincent-Auriol, 75013 Paris — Tél. : 01 42 16 63 63
Service Lectrices — Tél : 01 45 82 47 47
ISBN 2-280-04745-4 — ISSN 0993-4448

1.

— Tu as décidé d'avoir un enfant?

Amanda Garland Fleming observa un silence imperturbable. L'incrédulité de sa directrice adjointe n'ayant rien de surprenant, elle attendait la suite avec impatience.

Celle-ci ne se fit pas attendre.

— Quelque chose a dû m'échapper, confia Beth avec un petit rire. As-tu mentionné un mari, un fiancé ou un amant sans que je l'entende?

Amanda ne put s'empêcher de sourire. La réaction de son interlocutrice était à son image : d'une franchise et d'une spontanéité absolues.

Comme elle ne répondait toujours rien, Beth jeta un coup d'œil au calendrier accroché au mur.

— Nous ne sommes pas le premier avril, que je sache?

Question de pure rhétorique qu'Amanda ignora, puisque l'automne était déjà bien entamé.

Le plus sérieusement du monde, elle tendit à son amie une liste exhaustive d'ouvrages consacrés à la maternité.

— Peux-tu demander à Jane d'aller m'acheter ces livres quand elle aura une minute?

Beth parcourut la liste avec effarement.

— Tu manques de livres de chevet?

— C'est pour mes recherches. Une parfaite maîtrise de la question me paraît indispensable.

— J'espère qu'elle te permettra surtout de retrouver tes esprits. Il faut être deux pour concevoir un enfant. Or, tu as beau avoir un talent inné pour l'organisation, je vois mal comment tu pourrais accomplir ce miracle seule.

— Tu oublies les miracles de la science moderne, ma chère. Grâce à l'insémination artificielle, l'homme qu'on épouse, qu'on nourrit et dont on repasse les chemises à seule fin d'avoir des enfants est une espèce en voie de disparition.

Beth lui adressa un sourire malicieux.

— Et le plaisir des sens ?

— Je préfère les livres et l'acide folique.

— L'acide quoi ?

— Folique. Ma gynécologue m'a conseillé d'en prendre pour me préparer à la grossesse.

— Tu as parlé de ton projet à ta gynécologue ? Comment a-t-elle réagi ?

— Elle m'a prescrit de l'acide folique.

Beth lui décocha un regard consterné.

— Seigneur ! Tu es vraiment sérieuse !

Amanda ne rendait plus de comptes à personne depuis l'âge de dix-huit ans. Femme d'affaires prospère, elle avait mené sa carrière tambour battant sans jamais regretter aucune de ses décisions. Puis, la trentaine approchant, elle s'était longuement interrogée sur le chemin qu'elle désirait emprunter pendant les dix années qui la séparaient de la quarantaine. Sur le plan professionnel, elle prévoyait une expansion de son agence de secrétaires intérimaires. Mais cela ne lui suffisait pas. Son horloge biologique avançant inéluctablement, elle désirait un enfant. Or, puisque les progrès de la médecine lui permettaient de se passer des services, ô combien encombrants, d'un homme, elle avait vite planifié l'heureux événement. Définir un programme, le lancer et atteindre son objectif relevait de la routine pour une femme d'affaires de son acabit.

— J'ai élaboré ce projet dans les moindres détails. Il ne reste plus qu'à passer aux actes, expliqua-t-elle.

Beth leva les yeux au ciel.

— Je rêve ! Tu parles de cette grossesse comme s'il s'agissait d'un événement banal. Te rends-tu compte que ton existence sera bouleversée de fond en comble ?

— Evidemment ! J'ai passé beaucoup de temps à réfléchir au moyen de trouver une nurse adéquate.

— Une nurse ?

— Une bonne nurse est une denrée très rare. Ma belle-sœur, qui doit accoucher en janvier, n'arrive pas à en trouver une qui réponde à ses exigences. Il semble que le marché des nurses batte de l'aile... J'ai donc décidé d'ouvrir une branche spécialisée dans ce genre de recrutement. Qu'en penses-tu ?

— Je te rappelle que nous peinons déjà à répondre à la demande en secrétaires intérimaires. Cela étant, l'idée mérite d'être creusée.

Fronçant les sourcils, Beth se tut un instant.

— C'est un marché très particulier, Amanda. Et puis, nos locaux sont trop petits.

— Les bureaux du rez-de-chaussée viennent de se libérer. Ils conviendront à mer...

La sonnerie de l'Interphone interrompit Amanda.

— Le chauffeur demande quand vous comptez descendre, mademoiselle Garland. Le voiturier du parking commence à s'impatienter.

— J'arrive !

Saisissant sa serviette et son ordinateur portable, elle se leva précipitamment.

— Une minute ! protesta Beth. Tu ne peux pas partir, alors que...

— Nous reprendrons cette conversation lundi. D'ici là, j'aimerais que tu fasses deux choses pour moi. Accompagne-moi en bas, je vais t'expliquer.

Les deux jeunes femmes s'élancèrent dans l'escalier qui menait au rez-de-chaussée.

— Tout d'abord, déclara Amanda, il faut que tu rassembles une documentation complète sur la législation concernant l'emploi des nurses, les qualifications requises, les différentes formations et ainsi de suite.

— Et ensuite ?

Amanda poussa la lourde porte vitrée donnant sur la rue.

— Prends rendez-vous pour moi à la clinique le plus tôt possible.

Adossé contre la Mercedes, Daniel Redford consulta sa montre pour la dixième fois en cinq minutes. Puis il leva les yeux vers l'immeuble dont le premier étage abritait les bureaux de l'Agence Garland. Si les filles qui y travaillaient étaient réputées pour leur sérieux, leur compétence et leur élégance, la ponctualité n'était visiblement pas leur fort !

Du coin de l'œil, il vit le voiturier approcher d'un pas nonchalant.

— Encore là ?

Avant que Daniel puisse répondre, la porte vitrée s'ouvrit sur une femme. Ou plutôt, sur une vision de rêve, un éblouissant concentré de féminité. D'un regard, il embrassa des cheveux de jais, lisses et brillants, une bouche généreuse que soulignait un rouge à lèvres écarlate, une silhouette longiligne. Une paire d'yeux argentés se posa sur le voiturier avec une expression désolée, puis un sourire désarmant illumina un visage exquis.

— Je suis navrée. Des contrariétés de dernière minute...

La voix basse, légèrement voilée, fit à Daniel l'effet d'une caresse. Mais quand les yeux gris accrochèrent son regard, il sentit le sol vaciller sous ses pieds... et regretta de ne pas être une contrariété.

Encore sous le choc, il ouvrit la portière comme un

automate et cessa de respirer en découvrant une paire de jambes fabuleuses. Gainées de noir et chaussées d'escarpins à talons hauts, elles semblaient interminables. Le voiturier, qui n'avait pas non plus les yeux dans sa poche, lui adressa un clin d'œil envieux avant de tourner les talons.

Daniel s'éclaircit la gorge pour recouvrer un semblant de voix.

— Nous aussi, nous sommes débordés ce matin.

— Ah bon ?

Amanda souriait encore de l'expression ahurie de Beth quand la porte vitrée s'était refermée sur elle. Elle se pencha pour déposer son ordinateur et sa serviette sur la banquette puis s'aperçut que le chauffeur tenait toujours la porte ouverte. Elle croisa alors un regard bleu embrumé, et son cœur fit un étrange soubresaut. Intriguée, elle passa rapidement en revue un visage hâlé et énergique aux cheveux blond foncé. Un lent sourire se dessina sur le visage du chauffeur. Un sourire de guingois, terriblement charmeur, qui lui coupa le souffle. Un sourire de pirate qui mettait en relief les lignes profondes qui sculptaient ses pommettes.

— Vous désirez me dire quelque chose ? s'enquit-elle, la gorge sèche.

— Oui. N'oubliez pas d'attacher votre ceinture.

— Comment ? Ah... oui !

Un pirate attentionné. De mieux en mieux !

Elle s'exécuta docilement pendant qu'il se glissait derrière le volant.

— Pourquoi ? demanda-t-elle, tout à trac.

Le chauffeur se retourna, l'air interloqué.

— Je vous demande pardon ?

— Pourquoi êtes-vous débordés ?

Ce genre de détail intéressait toujours Amanda. C'était grâce à l'attention qu'elle portait aux petits contretemps qu'elle devait sa réussite.

— Un chauffeur a dû se rendre d'urgence à l'hôpital.

— Un accident?

La question lui valut un sourire dévastateur.

— Je préfère ne pas commenter cette remarque désobligeante. Sa femme va avoir un bébé.

Un bébé! Ce mot suffit à réveiller le sentiment de vide qui ne la quittait pas depuis des semaines. Déroutée par cette crise de vague à l'âme inhabituelle, elle s'efforçait d'y faire face — sans grand succès, hélas. Ces excès de sentimentalisme lui avaient toujours semblé réservés à Beth. D'ordinaire, c'était Beth qui tombait amoureuse pour un oui ou pour un non. C'était Beth qui s'extasiait sur les nouveau-nés.

Amanda, de son côté, se croyait à l'abri de ces niaiseries... jusqu'à ce que son frère lui annonce que sa femme était enceinte.

Leur mère n'avait pas caché sa joie à l'idée d'être enfin grand-mère. Le sourire aux lèvres, Amanda s'était jointe aux félicitations d'usage — non sans avoir étouffé une atroce sensation de froid qui ressemblait fort à de l'envie.

A la jalousie avait vite succédé un désir irrésistible de devenir mère à son tour. Voilà pourquoi elle s'était retrouvée quelques jours plus tard dans le rayon layette d'un grand magasin, à la recherche d'un cadeau pour son futur neveu. Un achat qu'elle comptait effectuer en dix minutes, mais qui lui avait pris une bonne heure, parce qu'elle était tombée en arrêt devant une paire de minuscules chaussons blancs bordés d'un adorable croquet.

— C'est son premier?

Amanda reconnut à peine sa voix tant elle était enrouée.

— Le quatrième.

Quatre bébés! L'image de quatre petits paquets emmaillotés de blanc, quatre paquets aux yeux bleus embrumés et au sourire de guingois s'imposa inexplicablement à Amanda.

12

Depuis des semaines, elle luttait en vain contre ce genre de fantasmes. Lorsqu'ils survenaient, l'humour ou la dérision lui servaient d'antidote. Cette fois-ci n'échappa pas à la règle.

— Elle a encore besoin que son mari lui tienne la main pour le quatrième ! C'est pathétique !

« Très romantique, au contraire », rectifia une petite voix intérieure qui se faisait entendre de plus en plus souvent.

— A mon avis, c'est plutôt elle qui lui tient la main, déclara Daniel.

Une heure plus tôt, il avait voué aux gémonies cet accouchement prématuré qui l'avait obligé à annuler une réunion pour remplacer James au pied levé. Etrangement, la compagnie de cette ravissante passagère le rendait nettement plus conciliant.

— Les hommes ne sont pas fiers dans ce genre de circonstances, ajouta-t-il.

Lui s'en sortirait avec les honneurs de la guerre, souffla la petite voix d'Amanda. Cet homme était un roc. Il lui tiendrait la main, l'encouragerait, l'aiderait...

Affolée par la tournure que prenaient ses pensées, elle s'interdit d'aller plus loin.

Comme le chauffeur attendait toujours de pouvoir se glisser dans le flot ininterrompu de voitures, elle demanda :

— Vous croyez que nous pourrons être au Park Hotel à 10 heures ?

— Je vais essayer, mais je ne vous promets pas de miracle.

Amanda lâcha un soupir agacé. Elle aurait dû descendre dès l'arrivée de la voiture, mais elle avait tenu à sonder Beth afin de savoir si elle pouvait compter sur son soutien. A défaut d'un homme, il lui faudrait bien quelqu'un pour lui tenir la main le moment venu — et Beth serait certainement la candidate idéale.

— Détendez-vous, lança le chauffeur. Si Mlle Garland vous tient rigueur d'un éventuel retard, vous n'aurez qu'à lui suggérer de traverser Knightsbridge à 9 heures du matin.

Amanda écarquilla les yeux. Ce type ignorait qu'elle était « Mlle Garland » ?

— Si elle me demande le nom de l'auteur du message, qui devrai-je citer ? s'enquit-elle avec un petit sourire malicieux.

— Daniel Redford, pour vous servir.

— Je n'y manquerai pas. Et puisque vous êtes là pour me servir, pouvez-vous faire l'impossible pour me déposer à l'heure ?

— Je vais essayer.

Daniel déboîta aussitôt, obligeant un taxi à lui céder le passage. Furieux, le conducteur le noya sous un concert d'avertisseur auquel Daniel répondit par un large sourire.

— D'après ce que j'ai entendu, votre Mlle Garland a tout de la vieille bique intraitable, reprit-il.

Une vive surprise se refléta sur les traits de sa passagère.

— Ah bon ? De qui tenez-vous cette information ?

— De la rumeur générale. Elle est connue pour sa vénération inconditionnelle de l'efficacité. Vous êtes une nouvelle recrue ?

— Euh... non.

La « vieille bique » résista à la tentation de lui révéler son identité. Elle s'amusait trop pour mettre fin à ce petit jeu.

— Je travaille pour l'agence depuis sa création, précisa-t-elle.

— Dans ce cas, vous devez bien connaître la patronne. Comment est-elle ?

— Je croyais que vous saviez tout sur elle.

— Uniquement les racontars.

14

— Qui prétendent que c'est une vieille bique intraitable.

— Et très riche, puisque les honoraires qu'elle fixe lui permettent de louer les services d'une compagnie privée pour convoyer ses secrétaires.

Amanda ne fut pas dupe du manège. Daniel Redford se moquait comme d'une guigne d'Amanda Garland. En charmeur-né, il l'interrogeait pour le plaisir d'entretenir la conversation. Ce à quoi elle ne voyait aucun inconvénient.

— Ses critères d'exigence sont très élevés, en effet.

— Elle désapprouverait sûrement qu'une de ses employées bavarde avec un banal chauffeur.

Amanda pinça les lèvres. Du moment qu'elles faisaient bien leur travail, ses employées pouvaient bavarder avec qui bon leur semblait.

— Reste à savoir si vous êtes un banal chauffeur, riposta-t-elle.

Pour sa part, elle n'en pensait rien. S'il s'exprimait avec un indéniable accent londonien, sa voix n'était ni traînante ni vulgaire. Et puis, physiquement, il ne passait pas inaperçu. La silhouette carrée, presque massive, en imposait terriblement et l'ossature prononcée du visage dénotait un caractère affirmé. Quant au regard, il n'avait rien d'ordinaire. Rien du tout...

Soudain rêveuse, elle s'interrogea sur le bien-fondé du recours à l'insémination artificielle. Le séduisant et spirituel Daniel Redford ne remplissait-il pas toutes les conditions requises pour faire un excellent père?

Consciente de s'aventurer sur une pente dangereuse, elle s'interdit de pousser la réflexion plus avant.

De son côté, Daniel demeurait perplexe. Etait-il banal? La remarque de sa passagère le prenait de court. Elle avait de la repartie, c'était le moins qu'on puisse dire. Elle possédait d'autres qualités à son actif, d'ailleurs : la

15

beauté, l'assurance, l'humour. Pour attirer, et retenir, l'attention d'une telle femme, il fallait une personnalité hors du commun.

Comme elle ne disait rien, il se décida à parler.

— J'ai été élevé sur les docks, à l'époque où des docks dignes de ce nom existaient encore.

Il avait opté pour la franchise, persuadé que cela mettrait un terme à la conversation. Contre toute attente, cette information lui valut un sourire lumineux de la belle.

— Avant que les entrepôts soient rachetés par des promoteurs pour les transformer en logements de luxe, c'est ça ? Vous étiez une tête brûlée, je parie.

Et comment !

— Peut-être, mais aujourd'hui, je suis un citoyen modèle.

La moue sceptique qui accueillit cette réponse suscita l'hilarité de Daniel. Flirter, comme faire de la bicyclette, cela ne s'oubliait pas — même après une longue interruption.

— Et vous ? demanda-t-il.

— Vous voulez savoir si je suis une citoyenne modèle ?

— Vous l'êtes forcément pour travailler à l'Agence Garland. Compétence, élégance et fiabilité ! énonça-t-il en riant.

Amanda se félicita une fois de plus de la confiance qu'inspirait la réputation de l'agence. C'était d'ailleurs cette image qu'elle comptait exploiter pour se lancer dans le recrutement des nurses.

— Au risque de me répéter, Mlle Garland a des critères d'exigence élevés.

— Les vieilles biques acariâtres invoquent toujours ce prétexte pour bousculer leurs brebis.

Dans le rétroviseur, Daniel vit sa passagère esquisser une moue réprobatrice. Puis, un demi-sourire lui effleura les lèvres, comme si cette description peu flatteuse de sa patronne la réjouissait.

16

— Tout Londres chante les louanges des filles Garland, continua-t-il. Comment êtes-vous entrée dans l'écurie ?

« En créant l'agence, tout simplement », faillit-elle répondre. Sa mère lui avait suggéré d'emprunter son nom de jeune fille pour ne pas entacher celui de Fleming, au cas où l'affaire péricliterait. Bien que vexée par ce manque de confiance, Amanda avait néanmoins suivi le conseil. Un jour, un journaliste avait évoqué le style inimitable des « filles Garland », et l'expression était restée, synonyme de qualité et d'efficacité.

— J'ai suivi une formation de secrétaire pour aider mon père à rédiger ses mémoires. Quand il n'a plus eu besoin de mes services, j'ai cherché ailleurs... et voilà ! Tant qu'à travailler comme intérimaire, autant l'être dans la meilleure agence, n'est-ce pas ?

— Même si le patron est une vieille bique désagréable ?

Leurs yeux se croisèrent dans le rétroviseur. Le regard bleu qui fixait celui d'Amanda était si franc, si direct qu'elle crut un instant que Daniel Redford savait qu'elle jouait la comédie.

— Vous n'avez pas d'autre ambition que le travail temporaire ? s'enquit-il tout à trac.

— Vous n'avez pas d'autre ambition que d'être chauffeur ?

Daniel tiqua. L'esprit de repartie avait de très mauvais côtés.

— Cela me permet de faire des rencontres intéressantes.

— Le travail temporaire aussi.

Daniel frémit. La voix de cette femme avait un curieux effet sur lui. Elle l'envoûtait, l'enveloppait comme une étoffe douce et caressante. Il ne put s'empêcher de regarder de nouveau à l'arrière. Ses yeux tombèrent sur une bouche inoubliable qu'il ne songeait qu'à embrasser.

Embrasser? Cette fois, son imagination s'emballait un peu trop! D'un geste sec, il réajusta le rétroviseur, chaussa une paire de lunettes noires et fixa obstinément la voiture qui précédait la sienne.

Malheureusement, sa langue refusa de se plier aux exigences de sa raison.

— Parfois, mes passagers vont jusqu'à me donner leur nom, indiqua-t-il sur une impulsion.

Pourvu qu'elle saisisse l'allusion!

— Vraiment?

Amanda s'étonnait qu'il ne lui ait pas encore posé la question. Il lui tardait de voir sa réaction quand elle annoncerait de but en blanc qu'elle et la vieille bique ne faisaient qu'un.

A sa profonde stupeur, cependant, elle s'entendit répondre :

— Je m'appelle Mandy Fleming.

Elle énonçait là la stricte vérité. Son père et son frère l'avaient toujours appelée Mandy. Et Garland n'était qu'un nom d'emprunt...

— N'est-ce pas le nom de la vieille bique?

Amanda rougit. Il savait, l'hypocrite! Depuis le début il prenait un malin plaisir à la ridiculiser.

— Mandy est bien le diminutif d'Amanda, non? insista-t-il.

Elle poussa un discret soupir de soulagement.

— Certes, mais personne n'oserait l'appeler autrement que Mlle Garland.

Sauf Beth, mais leur amitié remontait à ses débuts. De première recrue, elle était passée en une semaine au poste de directrice adjointe.

— La patronne n'est pas du genre à se faire appeler Mandy, c'est ça?

— Pas au bureau, du moins.

La circulation devenant plus fluide, Daniel Redford cessa de parler. Pendant un moment, Amanda considéra les belles mains qui reposaient sur le volant puis, agacée par la fascination qu'exerçait cet individu sur elle, elle sortit son carnet de notes de sa serviette et griffonna quelques mots. L'inspiration lui faisant vite défaut, elle s'efforça de s'intéresser au paysage, mais les immeubles en béton grisâtre lui inspirèrent un tel ennui qu'elle reprit sa contemplation de Daniel Redford.

Au lieu d'un uniforme, il portait un costume anthracite à l'élégance discrète. La veste épousait les épaules athlétiques à la perfection. Ses cheveux étaient bien coupés, ni trop longs ni trop courts. Le profil qu'elle apercevait de biais ne manquait pas de séduction. Mâchoire carrée, pommettes saillantes et un nez qui semblait avoir vécu quelques aventures. Un nez pas vraiment beau mais qui dénotait du caractère, comme les mains larges et carrées qui effleuraient le volant par petites touches.

Un nouveau fantasme assaillit Amanda. Et pour une fois, il ne concernait pas son désir de maternité. Troublée par la violence de l'attaque, elle préféra reprendre la conversation.

— Cela fait longtemps que vous travaillez pour Capitol Cars ?

— Vingt ans.

— Vingt ans ! Seigneur !

Même sans le rétroviseur, elle devina qu'il souriait à la façon dont ses pommettes bougèrent. Elle vit mentalement le coin de la bouche se soulever presque paresseusement, les deux lignes profondes se creuser de part et d'autre des joues. Cet homme-là était le charme personnifié. Et il était marié, sans aucun doute. Ce genre-là l'était toujours, même s'il ne portait pas d'alliance. Un homme séduisant qui approchait de la quarantaine ne vivait sûrement pas seul. A moins d'être un coureur de jupons...

— Vous devez beaucoup aimer votre travail, je suppose.

— Oui. Les pourboires sont bons. L'autre jour, on m'a

donné deux billets pour la comédie musicale qui fait des ravages en ce moment.

— Vous avez de la chance. Il paraît qu'on se les arrache à prix d'or. Qu'avez-vous pensé du spectacle ?

— Aucune idée.

— Vous n'y êtes pas allé ?

— Les places sont pour la semaine prochaine. Et vous ? Vous aimez les comédies musicales.

— Beaucoup. Les pièces de théâtre également.

Le cœur battant, elle espéra qu'il lui proposerait de l'accompagner. Au lieu de quoi, il se contenta de mentionner deux pièces qu'il avait vues récemment. Ce qui était aussi bien, tout compte fait. Elle n'avait nul besoin de complications sentimentales en ce moment.

La conversation continua sur le théâtre. Amanda se découvrit une étonnante affinité de goûts avec Daniel Redford.

— J'ai assisté au concert en plein air de Pavarotti il y a deux ans, confia-t-il. Il pleuvait à verse, mais j'en garde un souvenir inoubliable.

— Moi aussi j'y étais, sous mon parapluie. Et la danse, vous aimez ?

— Je déteste.

— Parce que vous n'avez jamais vu de bonne troupe.

— Je préfère le football.

— Quelle horreur !

— Vous devriez peut-être assister à un match avant de juger.

— Et votre femme ? Elle aime aussi le football ?

Amanda se mordit la lèvre. L'idiote ! Elle n'avait pas pu s'empêcher de poser la question.

Daniel Redford ralentit pour dépasser une zone de travaux.

— Je n'ai jamais rencontré de femme qui apprécie le football.

Cette réponse évasive laissa Amanda perplexe. Etait-il marié, oui ou non ? Oui, probablement...

— Nous sommes presque arrivés. Vous allez être à l'heure.

— Tant mieux, mumura Amanda sans conviction.

La fin du trajet s'effectua dans le silence. En proie à une nervosité inhabituelle, Amanda refit le nœud de son écharpe de soie, rangea son carnet, ferma sa serviette et serra son sac contre elle.

Quand la Mercedes stoppa au bas des marches du luxueux hôtel où devait se tenir la réunion, Amanda faillit bondir hors de la voiture dans une fuite éperdue. Elle dut faire appel à tout son sang-froid pour attendre que le chauffeur vienne ouvrir la portière.

Daniel tendit la main pour aider sa passagère à descendre. Des doigts frais et légers effleurèrent les siens, deux pieds délicats se posèrent sur le sol avec une grâce incomparable.

— Nous avons deux minutes d'avance. Les foudres du dragon vous seront épargnées pour cette fois.

Amanda n'écoutait que d'une oreille. Elle ne songeait, elle, qu'aux doigts protecteurs qui la soutenaient.

Otant sa main avec d'infinies précautions, elle consulta sa montre.

— Je vous remercie, Daniel.

— Tout le plaisir était pour moi. A ce soir, mademoiselle Fleming.

Amanda sentit ses jambes défaillir.

— Ce soir ?

— A 17 heures.

Bien sûr ! Il revenait la chercher. Pour quelle autre raison la reverrait-il puisqu'il était marié ? Et puis, pourquoi se préoccuper de lui quand une douzaine de soupirants transis ne demandaient qu'à se jeter à ses pieds ?

Malheureusement, elle n'avait jamais pu éprouver la moindre attirance pour un individu capable d'un geste aussi ridicule. En revanche, elle se sentait sur le point de se jeter, elle, aux pieds de Daniel Redford.

Un phénomène inquiétant qui n'appelait qu'une conclusion : il était grand temps qu'elle se ressaisisse.

— J'essaierai de ne pas vous faire attendre, lança-t-elle en tournant les talons.

Daniel la regarda s'éloigner, subjugué. La démarche d'une femme en disait beaucoup sur sa personnalité. Celle de Mandy Fleming révélait une sensualité parfaitement maîtrisée, de l'assurance, un style inimitable. Mais le dos très raide trahissait une contrariété. Sans doute parce qu'il ne l'avait pas invitée à la comédie musicale. Elle aurait refusé, mais elle aurait souhaité qu'il l'invite. Cette pensée le fit sourire. C'était vraiment comme la bicyclette !

La matinée s'étira en longueur. L'après-midi fut pire encore. Amanda eut toutes les peines du monde à ne pas laisser ses pensées vagabonder quand ce fut son tour de prendre la parole. A la moindre occasion, son esprit évoquait un regard bleu embrumé, des mains solides, un sourire à damner une sainte, un corps tout en muscles...

Un corps tout en muscles qui appartenait sans doute à une autre ! se répétait-elle farouchement. N'était-ce pas, en effet, un « détail » qu'elle devait garder à la mémoire ?

2.

En quittant le Park Hotel, Daniel fila à l'aéroport pour y prendre un passager, qu'il déposa à Picadilly avant de rentrer au garage. L'esprit occupé par Mandy Fleming, il conduisit machinalement, sans même remarquer la circulation effroyable.

Cela faisait une éternité qu'il n'avait pas compté les minutes avant de revoir une femme. Mais Mandy Fleming n'était pas n'importe quelle femme.

Il y avait dans sa voix, dans son sourire, un je-ne-sais-quoi qui éveillait en lui des émotions oubliées depuis des lustres. Quand elle avait posé la main sur la sienne en sortant de la Mercedes, l'air s'était soudain chargé d'électricité. Aux précautions qu'elle avait prises en la retirant, il avait deviné qu'elle partageait son émoi, mais...

Il se rembrunit. Mandy Fleming n'était sûrement pas femme à s'intéresser à un simple chauffeur. Elle était trop raffinée, trop sophistiquée, trop ambitieuse sûrement, pour jeter son dévolu sur un petit employé quand, d'un battement de cils, elle pouvait séduire un gibier autrement plus important.

Un sourire ironique flotta un instant sur ses lèvres. Les choses étaient tellement plus simples à ses débuts, quand il ne possédait en tout et pour tout qu'une voiture ! Si une fille lui faisait du charme, il avait la certitude que ce n'était pas pour son argent. Puis il avait acheté une deuxième voiture et engagé son premier employé... et tout avait changé.

Après avoir garé la voiture, il alla trouver Bob, son plus vieil employé, qui astiquait une Jaguar avec un soin jaloux.

— Des nouvelles de l'hôpital, Bob ?

— C'est une fille, patron. La mère et l'enfant se portent bien.

A la façon dont Bob évitait son regard, Daniel comprit que quelque chose ne tournait pas rond.

— Un problème ?

— Sadie est arrivée il y a une heure. Elle vous attend dans votre bureau.

Daniel lâcha un juron énergique.

— Elle n'est pas en vacances, si je ne m'abuse ?

— Je ne pense pas.

Quand Daniel traversa la cour au pas de charge pour se rendre dans son bureau, chacun se détourna avec gêne. Il comprit la raison de cet embarras en posant les yeux sur sa fille.

Assise dans son fauteuil, les Doc Martens posés sur son bureau, elle l'accueillit d'un regard plein de défi. Ses vêtements — des loques noires innommables —, ses yeux charbonneux et ses ongles peints en noir faisaient partie de la routine, mais Daniel eut un haut-le-corps en découvrant sa coiffure. Les cheveux châtain clair, qui ondulaient avec grâce sur les épaules de Sadie la dernière fois qu'il l'avait vue, étaient maintenant noir corbeau et se dressaient en épi sur sa tête. Cette panoplie contrastait avec la pâleur de son visage, couvert d'une épaisse couche de fond de teint crayeux. Conscient qu'il s'agissait d'une nouvelle provocation, Daniel se retint de manifester sa fureur. L'indifférence constituait sa meilleure arme. Il n'allait tout de même pas lui faire le plaisir de sortir de ses gonds !

Avec un peu de chance, sa présence ici ne résultait que

d'une escapade. Sadie s'était octroyé un jour d'école buissonnière pour échapper à la pension où il l'avait envoyée — un établissement censé métamorphoser les adolescentes rebelles des beaux quartiers en jeunes personnes cultivées destinées à évoluer dans la meilleure société. Dans le cas de Sadie, la bataille était perdue depuis longtemps.

Daniel se servit une tasse de café au distributeur, avant de se tourner vers sa fille.

— J'ignorais que tu étais en vacances, Mercedes.

Sadie détestait ce prénom choisi par sa mère. Vickie avait trouvé très amusant de l'en affubler, parce que le jour où il avait appris qu'il allait être père, il avait dû annuler l'achat de la Mercedes qu'il venait de commander.

Otant les pieds de Sadie du bureau, il consulta son agenda.

— C'est curieux, Karen n'a rien écrit dans ce sens. Ce genre d'oubli ne lui ressemble pas.

— Je ne savais pas qu'il fallait que je prenne rendez-vous avec mon père pour le voir ! lança Sadie en se levant d'un bond.

Daniel eut un choc. Elle semblait gagner plusieurs centimètres chaque fois qu'il la voyait. Sans doute parce qu'il ne la voyait pas assez souvent, lui susurra sa conscience. Mais comment pourrait-il en être autrement quand elle le fuyait délibérément en passant tous ses moments de loisir chez des amis ?

— Dernièrement, il me semble que c'était plutôt moi qui devais prendre rendez-vous avec toi pour te voir.

— Eh bien, c'est fini ! On m'a renvoyée de la pension et je n'ai pas l'intention d'y retourner.

Comme Daniel gardait le silence, elle ajouta d'un air buté :

— Tu ne peux pas m'y obliger.

Comme s'il l'ignorait ! Si une fille de seize ans refusait

de poursuivre ses études, il ne pouvait pas faire grand-chose, hormis lui expliquer les risques que cela faisait peser sur son avenir.

— Tu dois repasser les examens que tu as ratés l'été dernier, déclara-t-il.

Sadie répliqua par un juron qui aurait valu à Daniel de se faire frictionner les oreilles par sa mère au même âge. Mais Sadie n'avait pas de mère, du moins pas de mère qui daigne se rappeler qu'elle avait une fille. Il ignora donc le juron comme il avait ignoré les oripeaux. Elle faisait de son mieux pour le choquer et provoquer sa colère, ce en quoi elle réussissait au-delà de ses espérances. De là à le lui montrer...

— Tu n'arriveras à rien sans études.

— Tu as bien réussi, toi !

— Parce que personne ne se préoccupait de mon sort. Mme Warburton sait-elle où tu es, au moins ?

La directrice de la pension devait être dans tous ses états.

— Non. Elle m'a consignée dans ma chambre en attendant de trouver quelqu'un pour me reconduire. Elle doit penser que j'y suis encore. J'imagine sa tête quand elle s'apercevra de ma disparition !

Daniel pressa le bouton de l'Interphone.

— Karen, appelez Mme Warburton à Dower House pour lui signaler que Sadie est ici.

— Bien, Dan.

— Pouvez-vous également faire envoyer un bouquet de fleurs à la femme de James ?

— C'est fait. Ned Gresham a accepté de renoncer à son jour de repos pour le remplacer.

Daniel hocha la tête. Si Karen n'émanait pas de l'écurie Garland, elle en avait toutes les qualités — hormis le physique éblouissant, bien sûr. Le sourire de Mandy Fleming flotta devant ses yeux. Il se souvint de l'imperceptible frémissement qui l'avait parcourue au contact de sa main et se raidit. Finalement, il pouvait s'estimer heureux. Une secrétaire trop sexy dans un garage où officiait une armada de chauffeurs musclés risquerait de provoquer un sérieux grabuge.

— Voulez-vous que j'envoie Ned pour le rendez-vous de 17 heures au Park Hotel ?

Daniel sentit le cœur lui manquer à l'idée de ne pas revoir Mandy Fleming. Mais il se rendit à la raison : il avait autre chose à faire que de jouer le chauffeur, cet après-midi. En revanche, il n'était pas question d'envoyer Ned Gresham. Avec son physique de dieu grec, il tournait la tête de toutes les femmes.

— Demandez plutôt à Bob. Si Mlle Fleming le souhaite, dites-lui qu'il peut la ramener directement chez elle plutôt qu'à l'agence.

Karen se mit à rire.

— Elle était si jolie que ça ?

— Je soigne notre image, Karen, rien de plus. Une secrétaire satisfaite et le patron est dans votre poche.

— Et si Mlle Fleming habite à l'autre bout de Londres ?

— Elle sera encore plus impressionnée et Bob ne s'en plaindra pas.

— Oh, oh ! Elle est carrément belle, alors ?

— Je n'ai pas remarqué.

Un ricanement incrédule salua ce mensonge.

Coupant court à l'entretien, Daniel contempla sa fille d'un air pensif. Sadie cherchait à le blesser parce que sa mère n'était pas là pour faire les frais de son agressivité. Mais le jour où elle surmonterait sa crise d'identité, elle deviendrait une femme. Une femme superbe, qui plus est.

— Allons-y, Sadie.

— Il n'est pas question que je retourne là-bas !

— J'ai compris. Mais si tu ne retournes pas en pension, il va falloir que tu travailles.

— Travailler ? Moi ?

La belle assurance de Sadie vacilla. Ce qui donna quelque espoir à son père.

— Tu as trois possibilités. La première est de travailler ici. Comme il y a peu de chances pour que les employeurs se ruent pour t'embaucher sans qualifications, je suis prêt à prendre le risque. Maintenant, si tu crois pouvoir trouver mieux, libre à toi d'aller voir ce qu'on te propose à l'agence pour l'emploi.

— Et la troisième possibilité ?

— Appelle ta mère. Elle acceptera peut-être de t'héberger. En tout cas, tu peux être certaine qu'elle n'exigera pas que tu gagnes ta vie.

Vickie n'ayant jamais rien fait de ses dix doigts, un séjour chez elle était la dernière chose que Daniel souhaitait pour sa fille. A son grand soulagement, la réponse méprisante de Sadie ne laissa aucun doute sur ce qu'elle pensait de cette dernière solution. Daniel eut presque pitié de son ex-femme.

— Si tu refuses d'aller chez ta mère, tu n'as pas le choix. Remarque, il n'est pas trop tard pour changer d'avis au sujet de la pension. Sauf si ton renvoi est définitif.

— Je ne retournerai pas en pension, c'est clair ?

— Comptes-tu m'expliquer pourquoi ou préfères-tu que je lise la lettre que va m'envoyer Mme Warburton ?

Sadie fourra la main dans la poche de son blouson pour en sortir une enveloppe froissée, qu'elle jeta sur le bureau. Sa lèvre inférieure se mit à trembler et Daniel sentit fondre sa colère. La rebelle cachait une enfant vulnérable. Il dut faire appel à toute sa volonté pour ne pas la serrer dans ses bras en lui assurant que, quoi qu'elle fasse, il l'aimerait toujours.

Ignorant la lettre, il se posta devant la fenêtre.

— Je préfère entendre ta version. Pourquoi as-tu été renvoyée ?

Le visage angoissé, il pivota brusquement sur lui-même.

— Ne me dis pas que tu as consommé de la drogue ?

Il crut la voir rougir sous son masque blanc.

— Pour qui me prends-tu, enfin ?

Pour une adolescente qui possédait plus d'argent de poche qu'il ne lui en fallait et qui éprouvait un besoin désespéré de blesser ceux qui l'aimaient le plus, faillit-il répondre.

— On m'a renvoyée pour une semaine parce que je me suis teint les cheveux.

Le soulagement de Daniel fut tel qu'il faillit éclater de rire.

— C'est tout ? Mme Warburton se montre plus tolérante, d'habitude.

Sadie haussa les épaules avec une fausse désinvolture.

— Quand cette peau de vache m'a convoquée dans son bureau pour me signifier que je faisais injure au standing de Dower House, je lui ai suggéré de m'imiter parce que ses racines commençaient à grisonner.

Posant sa tasse en toute hâte, Daniel se retourna pour masquer un sourire.

— Je reconnais là ton sens de la diplomatie.

— C'est une vieille hypocrite.

— Peut-être, mais c'était méchant de ta part.

— Il n'y avait pas de quoi en faire un plat ! Je ne me suis pas fait un piercing, tout de même !

— J'imagine que c'est interdit aussi.

— *Tout* est interdit, là-bas ! Mais puisque je n'y retourne pas, je vais pouvoir...

— La dernière fois que je l'ai vue, ta mère s'était fait percer le nez. Elle portait un diamant.

Sadie ne dit rien. Ce n'était pas nécessaire. Daniel savait qu'elle ne tenait pas à accentuer une ressemblance déjà frappante avec sa mère.

— Quand dois-je commencer mon merveilleux travail ?

Daniel réprima la réponse cinglante qui lui monta aux

lèvres. A défaut de lui présenter des excuses, sa fille aurait pu le remercier de lui offrir cette solution de secours. Mais le moment était mal choisi pour exiger quoi que ce soit. D'autant que, sous ses airs de dure à cuire, Sadie savait ce qu'il attendait d'elle, qu'elle poursuive ses études ou non. Etudes qu'elle reprendrait d'ailleurs plus volontiers s'il la laissait libre de son choix.

— Tout de suite. Dès que je t'aurai trouvé une combinaison, nous irons voir Bob.

— Je meurs d'impatience !

Le ton sarcastique laissait augurer une semaine pénible. Restait à espérer qu'à la fin des huit jours, Sadie trouverait la pension infiniment plus douce que l'atelier. Et que Mme Warburton serait d'humeur clémente !

Qu'aurait fait Vickie, à sa place ? Rien, sans doute... Elle était bien trop préoccupée à dorloter son bébé et son dernier amant aux Bahamas. Et puis, elle n'apprécierait pas qu'on lui rappelle qu'elle avait une fille qui approchait d'un âge susceptible de lui faire concurrence.

— Que vais-je faire ?

— Les options sont limitées, puisque tu ne sais pas conduire.

— Si, je sais !

Sadie disait vrai. Il lui avait appris à conduire dans le champ à l'arrière du cottage qu'il avait acheté deux ans auparavant. Elle était capable de piloter une voiture ou une moto mieux que la plupart de ses camarades.

— Tu n'es pas autorisée à conduire sur route avant d'avoir dix-sept ans, rappela-t-il. Alors, tu te rendras simplement utile là où c'est nécessaire.

— La femme à tout faire ! Génial !

— Tu iras au garage avec Bob.

— Laver les voitures ! Comme si tu avais commencé par ça !

— J'ai débuté seul avec une voiture, répliqua-t-il d'un ton sec. Et je te garantis qu'elle ne se lavait pas toute seule.

— Très drôle !

— Mademoiselle se prend pour la septième merveille du monde, à ce que je vois. Dans ce cas, va donc à l'agence pour l'emploi pour voir ce qu'on te propose. Tu m'en diras des nouvelles !

— Mais tu es mon père, enfin ! Tu veux m'exploiter comme une vulgaire apprentie ! Je ne...

Il l'arrêta d'un regard noir. Consciente qu'elle était allée trop loin, Sadie leva les mains.

— Bon, bon, comme tu voudras.

— Autre chose, Sadie. Pendant les heures de travail, tu auras droit aux mêmes privilèges *et* aux mêmes responsabilités que les autres employés. Ce qui signifie, entre autres, que tu dois arriver à l'heure.

— Aucun problème. Réveille-moi simplement cinq minutes avant ton départ.

— Je ne fournis pas de service de réveil à mes employés. Et je ne les emmène pas non plus sur leur lieu de travail. Le seul endroit où je suis prêt à te conduire est Dower House, lundi prochain.

— Pas question. Je prendrai le bus.

— A la bonne heure.

Les mains croisées derrière le dos, Daniel embrassa d'un regard pensif les bâtiments qui abritaient son entreprise. Parti de rien, il l'avait créée à la force du poignet, travaillant jour et nuit avec une telle ardeur qu'il ne s'était même pas rendu compte que sa femme cherchait de la compagnie ailleurs. A moins que ses horaires et son désir de réussite n'aient été un prétexte pour le distraire de son mariage...

Il poussa un soupir et se retourna vers sa fille d'un air las.

— Tu exécuteras à la lettre les ordres de Bob. En retour, tu pourras boire autant de thé que tu le désires et tu déjeuneras au café d'à côté. En revanche, il faudra attendre que tu aies dix-huit ans pour cotiser pour la retraite.

— J'avais oublié ton talent de comédien, papa !

— Du moment que tu n'oublies pas que je suis ton patron, c'est le principal.

— Tu plaisantes ?

Daniel répondit par un silence éloquent.

— O.K., patron ! Combien me paierais-tu pour faire ton sale boulot ?

— Le salaire normal. Après déduction des diverses taxes et de l'assurance, tu devrais gagner à peu près l'équivalent de ce que je te donne par mois.

— Et je garde mon argent de poche ?

— A ton avis ?

Amanda quitta fébrilement la salle de conférence. Jamais un séminaire ne l'avait autant ennuyée ! Peut-être parce qu'elle était obsédée par de belles mains carrées, des boucles rebelles décolorées par le soleil et un sourire étourdissant qui lui donnait le vertige rien que d'y songer...

Elle eut beau se sermonner toute la journée, rien n'y fit. Cet homme avait pris possession de son esprit.

En émergeant de l'hôtel, elle repéra la Mercedes bleu sombre stationnée à l'autre bout du parking. A l'intérieur, on distinguait une silhouette masculine.

Un sourire insouciant aux lèvres, elle se dirigea vers la voiture d'un pas guilleret et blêmit en découvrant un parfait inconnu à la place de Daniel Redford.

— Vous désirez quelque chose, mademoiselle ?

— Vous travaillez bien pour Capitol Cars ? s'enquit Amanda. Je... j'ignorais que je n'aurais pas le même chauffeur.

— Vous avez le même chauffeur, lança une voix mâle derrière elle.

Le cœur battant à tout rompre, Amanda fit volte-face.

— C'est la voiture qui a changé, d'où votre méprise, expliqua Daniel en lui prenant le bras. Je suis garé là-bas.

Il désigna une antique Jaguar noire parquée de l'autre côté de l'hôtel.

Adressant un petit salut confus au chauffeur de la Mercedes, Amanda suivit Daniel.

— Pour un changement, c'en est un ! s'exclama-t-elle.

— Quelqu'un a embouti l'arrière de la Mercedes cet après-midi.

— Vous... vous n'avez rien eu ?

— Ce n'est pas moi qui conduisais. J'espère que cela ne vous dérange pas de rouler dans ce vieux tacot.

— Sûrement pas ! Elle est magnifique.

— Comme c'est un modèle ancien, il n'y a pas de ceinture de sécurité à l'arrière. Cela vous oblige à monter à l'avant.

— Aucune importance.

Daniel déposa la serviette et l'ordinateur à l'arrière avant de la rejoindre.

— Mon père avait exactement la même en vert foncé, déclara Amanda.

— A l'époque, c'était le comble du luxe.

— Ça l'est toujours. Un vrai bonheur après une journée ennuyeuse à mourir.

— J'aurais bien aimé que la mienne le soit ! déclara Daniel en franchissant la grille de l'hôtel.

— Entre le bébé et l'accident, vous avez dû être bousculés, en effet.

— S'il ne s'agissait que de ça !

— Il y a autre chose ?

— Jamais deux sans trois, vous connaissez le dicton ! Ma fille a débarqué au garage en décrétant qu'elle arrêtait ses études.

Sa fille ! Le moral d'Amanda retomba au plus bas.

— Je suis désolée.

Elle l'était à plus d'un titre. Mais fallait-il s'étonner que Daniel Redford ait une fille, s'il était marié ?

Voilà qui lui apprendrait à laisser son imagination divaguer !

— Pour quelle raison est-elle partie ?

— Elle a raté ses examens l'été dernier et veut interrompre ses études.

— Elle peut les repasser, non ?

— J'ai bien peur que le problème soit plus grave, malheureusement.

— Pourquoi ?

Daniel lui lança un coup d'œil perçant, comme s'il hésitait à répondre.

— Sa mère l'a abandonnée à l'âge de huit ans, révéla-t-il enfin. Le divorce est loin derrière nous, mais j'ai l'impression qu'elle en subit le contrecoup seulement maintenant.

Amanda respira soudain plus librement. Divorcé, c'était beaucoup mieux. Infiniment mieux...

— Qu'allez-vous faire ?

— De Sadie ?

Contre toute attente, il lui adressa un grand sourire. A l'évidence, son divorce ne l'avait pas trop marqué.

— Je l'ai mise au travail. Elle lave les voitures au garage. Une semaine de ce régime la fera peut-être changer d'avis.

— A sa place, je retournerais illico me plonger dans mes livres. D'ailleurs, vous devriez être avec elle pour l'aider à réfléchir à son avenir, au lieu de conduire des clients à droite et à gauche.

— Nous avions prévu un autre chauffeur pour vous, mais la grève des bagagistes à l'aéroport nous as retardés dans notre programme. Quant à Sadie, je doute qu'elle se plaigne de mon absence. Moins elle me voit, mieux elle se porte.

Amanda non plus ne se plaignait pas. Pour les raisons exactement inverses. Reconnaissante, elle adressa un remerciement silencieux aux grévistes.

— Peut-être qu'après une bonne nuit de sommeil, elle verra la situation sous un autre angle, suggéra-t-elle.

— Peut-être. De toute façon, elle est renvoyée de son établissement pour une semaine. J'ai le temps de voir venir...

— Mon pauvre ! Pour quelle raison, ce renvoi ?

— Rien de terrible, Dieu merci. Elle s'est teint les cheveux.

— C'est tout ?

— Pas tout à fait.

Quand Daniel lui expliqua le conseil que Sadie avait donné à sa directrice, Amanda éclata de rire.

— Les enfants sont vraiment impossibles !

— C'est exactement le genre de commentaire que Mlle Garland aurait fait, je parie.

— Vous croyez ? Il faudra que je me surveille, sinon je vais finir par lui ressembler.

La voiture s'arrêta à un feu rouge. Daniel se tourna vers elle avec un sourire ravageur.

— Je n'en crois rien.

— Est-ce un compliment ?

— A vous de me le dire. Vous connaissez Mlle Garland mieux que moi, après tout.

Tentée de lui révéler la vérité, Amanda jugea préférable de se taire pour ne pas gâcher ce moment délicieux.

— J'en dis que la journée a été longue pour vous comme pour moi. Pourquoi ne pas nous arrêter pour prendre un café afin de nous récompenser de notre dur labeur ? proposa-t-elle.

Daniel ne répondit pas. Amanda crut qu'elle avait poussé sa chance trop loin. Mais il bifurqua dans la cour d'une cafétéria en bord de route.

— C'est à ça que vous pensiez ?

— Tout à fait. C'est à croire que vous lisez dans les pensées.

— Si je lisais dans vos pensées, je saurais quoi faire de Sadie.

« Et je serais dans de beaux draps », songea Amanda.

Une fois à l'intérieur, Daniel lui ôta le plateau qu'elle venait de prendre.

— Vous avez passé la journée à servir des cadres ventripotents. Allez vous asseoir, je m'occupe de tout.

Au lieu de s'exécuter, Amanda le suivit le long du comptoir.

— Les filles Garland ne préparent pas le café. A moins que ce ne soit un grand cru d'arabica, ajouta-t-elle d'un ton espiègle.

— Croyez-vous que votre palais délicat s'accommodera du breuvage industriel de cet établissement ?

— Sans problème. Avec un beignet, mon bonheur sera complet.

— La journée a-t-elle été si terrible que ça ?

Pleine de hauts et de bas, répondit-elle pour elle-même.

— Pas vraiment, en fait.

Tous deux s'assirent de part et d'autre d'une table. Après un instant de silence embarrassé, Daniel déclara :

— A propos de ces billets...

Le téléphone portable d'Amanda se mit à sonner au fond de son sac. Elle l'ignora résolument.

— Oui ?

— Vous devriez peut-être répondre.

Amanda adressa une prière silencieuse pour que la personne qui essayait de la joindre renonce. En vain. A contrecœur, elle saisit le combiné.

— Amanda ? s'écria la voix surexcitée de Beth. Où es-tu ? Il faut que tu reviennes au bureau tout de suite.

— Qu'y a-t-il ?

— Guy Dymoke vient d'apppeler.

— Guy Dymoke, l'acteur ?

— L'homme le plus sexy du monde, tu veux dire ! Il tourne un film à Londres en ce moment et il a besoin d'une secrétaire. Il voudrait une de nos filles.

— Tu n'as qu'à t'en occuper.

— Il ne veut traiter qu'avec le grand chef.

— Quand ça ?

— Maintenant. Il est descendu au Brown. Dans combien de temps peux-tu y être ?

— Une minute.

Amanda dévisagea Daniel. Les boucles rebelles décolorées par le soleil, les yeux bleus... Son pouls s'accéléra.

— Je suis navrée, Daniel. Je dois rejoindre le Brown le plus vite possible, annonça-t-elle. En combien de temps pouvez-vous m'y amener ?

Daniel fulminait. Flirter, c'était comme la bicyclette ! La belle affaire ! Depuis sa rencontre avec Mandy Fleming, il suivait son instinct, en s'écartant des règles les plus élémentaires de Capitol Cars. S'il apprenait qu'un de ses chauffeurs s'octroyait le même genre de liberté, le pauvre passerait un très mauvais quart d'heure.

Dès que le téléphone de Mandy avait sonné, un mauvais pressentiment l'avait envahi. Une impression pleinement justifiée, comme le prouvait la suite des événements.

Car Mandy, hélas, n'échappait pas au charme du fascinant Guy Dymoke...

3.

— La clinique est surchargée. Je n'ai pas pu obtenir de rendez-vous avant début novembre.

Après avoir soutiré à Amanda tous les détails de sa rencontre avec Guy Dymoke, Beth aborda enfin le compte rendu de la mission que lui avait confiée son amie.

Amanda ne se sentait plus aussi sûre de sa démarche. Comment se déroulerait la première entrevue? Lui demanderait-on une liste des qualités qu'elle souhaitait chez le donneur? La taille, la largeur des épaules, la couleur des yeux... Un frisson la parcourut à cette idée. Cela paraissait si froid, si... clinique!

— Peu importe! Rien ne presse, après tout.

— Tu sembles moins enthousiaste, tout à coup. Tes lectures auraient-elles ébranlé ta décision?

— Bien sûr que non!

Pas précisément, du moins. Mais elle avait passé le week-end à réfléchir à l'enfance de ce bébé qu'elle désirait tant. Se demanderait-elle d'où il tenait telle fossette ou tel trait de caractère? Serait-elle capable de vivre jour après jour en sachant qu'elle ne pourrait jamais lui dire qu'il ressemblait à son père?

— Personne n'a laissé de message au téléphone pour moi?

— Non. Tu en attends un?

— Oui... euh... non... Enfin... peut-être.

Ouvrant son tiroir, Daniel contempla la boucle d'oreille de jade. L'envie d'appeler l'Agence Garland le démangeait furieusement. Après une longue hésitation, il glissa la boucle dans une enveloppe sur laquelle il écrivit le nom de Mandy. Il la déposerait dans la boîte aux lettres de l'agence ce soir. C'était la seule chose à faire.

— Qui est-ce? interrogea Beth d'une voix mielleuse.

— Qui ça?

— L'homme qui n'a pas téléphoné.

— Personne que tu connais. Je l'ai rencontré vendredi.

— Et?

A quoi bon tourner autour du pot? De toute façon, Beth ne lâcherait pas prise tant qu'elle n'aurait pas répondu.

— Il me semble parfait.

— Un homme parfait? C'est introuvable en ce bas monde.

— Cela dépend pour quoi.

Amanda rougit comme une écolière en prononçant ces paroles. Mais Beth sourit.

— Je vois. Est-ce pour cela que tu n'es pas pressée de te rendre à la clinique? Comment s'appelle-t-il?

— Daniel Redford.

— Classique... Tu veux du café?

— Non merci. Je suis un régime de pré-grossesse.

— Depuis quand?

— Depuis que j'ai rencontré Daniel Redford.

— A la bonne heure! J'aime les femmes qui savent ce qu'elles veulent.

Sa tasse à la main, Beth se jucha sur un coin du bureau en considérant Amanda d'un air songeur.

— J'imagine qu'il participait au séminaire. Tu vas vite en besogne, dis-moi. Que pense-t-il de ton projet ? Est-il d'accord pour être le père de ton enfant ?

— Je ne lui ai pas posé la question. Je me fais peut-être des illusions, tu sais.

Amanda joua d'un air absent avec une de ses boucles d'oreilles. Pendant le week-end, elle avait interrogé le répondeur du bureau un nombre incalculable de fois dans l'espoir d'entendre un message de Daniel. Peut-être avait-il changé d'avis à propos de ces billets...

C'était à peine s'il lui avait adressé la parole pendant leur course effrénée pour rejoindre le Brown. Regrettait-il déjà d'avoir suivi son impulsion en s'arrêtant dans ce café ? A moins qu'il n'ait craint des représailles de la part de son patron, au cas où celui-ci apprendrait qu'il prenait sur son temps de travail pour badiner avec les clientes ?

Beth hocha la tête.

— Il s'agissait peut-être d'un simple flirt. Et puis, il est peut-être marié et père d'une demi-douzaine d'enfants, pour ce que tu en sais.

— Il est divorcé et père d'une fille adolescente.

— Hmm... Si tu l'invitais à dîner ? Dis-lui que tu as un contrat un peu particulier à lui proposer. Il sautera peut-être sur l'occasion, qui sait ?

— Tu pourrais formuler les choses avec un peu plus de tact.

— Peu importe les termes. La perspective d'une nuit dans tes bras le séduira sans doute infiniment. En revanche, la paternité pourrait le refroidir. Les enfants coûtent cher.

— Comme si son argent m'intéressait ! Je ne veux rien de lui.

— Sauf son corps et ses gènes... Si tu lui expliques

ton projet de but en blanc, il aura du mal à te croire, à mon avis. Que sais-tu de lui, exactement ?

— C'est le chauffeur de la voiture qui m'a emmenée au Park Hotel.

Beth écarquilla les yeux.

— Et il a osé faire du charme à la grande Amanda Garland ?

— Si l'on peut dire.

Amanda ne s'expliquait pas le silence de Daniel. Peut-être avait-elle mal interprété les signaux qu'il lui envoyait. Cela faisait une éternité qu'elle n'avait pas rencontré un homme dont la seule vue accélérait les battements de son cœur.

Le rire de Beth la ramena à la réalité.

— Eh bien, il ne manque pas de courage, ton Daniel Redford ! Sait-il au moins à qui il s'attaquait ?

— Non. Il prend Amanda Gàrland pour une vieille bique acariâtre.

— Comment a-t-il réagi quand tu lui as révélé ton identité ?

— Je lui ai dit que je m'appelais Mandy Fleming.

Beth ouvrit des yeux ronds. Coupant court à l'interrogatoire, Amanda orienta la conversation sur le recrutement des nurses.

Après moultes tergiversations, Daniel décida de ne pas déposer l'enveloppe dans la boîte aux lettres, de crainte qu'elle s'égare.

Il tendit une main hésitante vers le téléphone. Fallait-il attendre que Mandy appelle la première ou prendre les devants ? La sonnerie de l'Interphone le fit tressaillir avant qu'il pût se décider.

— Oui ?

— Lady Gilbert vient d'arriver pour le mariage de sa fille, patron.

— J'arrive !

Il déchira l'enveloppe et la jeta dans la corbeille à papier. Mais, au lieu de ranger la boucle d'oreille dans le tiroir, il la fourra dans sa poche.

Dès que Beth eut fourni à Amanda les renseignements qu'elle attendait, elle revint à la charge.

— Si je comprends bien, ce Redford te prend pour une secrétaire intérimaire. Tu aimes décidément la complication.

— Peut-être.

— Il est vraiment si bien que ça ?

Epoustouflant, étourdissant, renversant...

Le téléphone sonna. Amanda sentit son pouls s'accélérer... mais ce n'était que son frère, qui désirait l'inviter à déjeuner le dimanche suivant.

Dès qu'elle raccrocha, Beth reprit comme si de rien n'était :

— Décris-le-moi.

— Il doit avoir environ quarante ans. Il est... comment dire... du genre diamant brut. Il a des yeux superbes avec les coins qui tombent un peu. Et sa bouche...

Sa bouche l'obsédait, tout comme son visage expressif, ses mains...

— Il a de belles mains carrées... Pas vraiment douces, mais solides, sûres.

Elle rêvait de ces mains à longueur de journées, les imaginait sur son corps, ou tenant un enfant.

— Je crois que je commence à avoir une petite idée, fit Beth d'un ton moqueur. Tu veux acheter un livre de cuisine ?

— Pardon ?

— Rien de tel que les petits plats pour amadouer un homme. N'oublie pas la crème Chantilly. On en trouve en bombe. Ce sera commode s'il a envie de te dévorer pour le dessert.

Amanda soupira.

— Tu as raison, je perds la tête. Je n'ai pas besoin de ce genre de complication.

— Les complications n'empêchent pas le plaisir. Et puis, ton histoire d'insémination est complètement folle. Alors, tant qu'à faire, autant choisir un moyen naturel, qui te procurera satisfaction.

— Ce ne serait pas correct vis-à-vis de Daniel. J'aurais l'impression de me servir de lui.

— Il en retirerait quelques avantages, lui aussi.

Amanda s'empourpra. Le franc-parler de Beth était parfois franchement gênant.

— Là n'est pas la question ! Par ailleurs, je ne suis pas folle. Sais-tu que le taux de natalité a dangereusement baissé dans ce pays ? Avec moins de deux enfants par femme, la population ne peut pas se renouveler. C'est un véritable suicide démographique.

— En bref, tu te dévoues pour sauver la nation du désastre ! Et moi qui pensais que tu souffrais d'une crise aiguë parce que ta belle-sœur est enceinte ! Navrée de te décevoir, mais tu es bel et bien folle, Amanda. Ta fortune est assurée, tu diriges la meilleure agence d'intérim de Londres, tu fréquentes les grands de ce monde et il te manque encore quelque chose !

— Parce que ma vie est centrée sur moi-même. Elle est creuse et inintéressante.

— Vue de l'extérieur, elle n'a pas l'air trop désagréable.

— Parce que je suis encore jeune. Tu ne dirais pas la même chose si j'avais cinquante ans.

Cette fois, Beth ne trouva rien à répondre.

— Je n'ai pas pris ma décision à la légère, Beth. Il est vrai que la grossesse de Jilly a déclenché une prise de conscience, mais il était temps.

— Dans ce cas, fais les choses normalement. Trouve un mari et fonde une famille.

44

— A mon âge, on est plus exigeant qu'à vingt ans. On s'accommode moins facilement des petits travers des gens, on pèse davantage le pour et le contre de ce genre d'engagement.

— Ce qu'on perd en liberté, on le gagne en confort la nuit.

Amanda rit mais son rire sonna creux.

— C'est facile à dire quand on tombe amoureuse pour un oui ou pour un non, comme toi. Cela ne m'est jamais arrivé, à moi, et maintenant, il est trop tard pour le grand amour.

— Il n'est jamais trop tard pour rencontrer l'homme de sa vie.

— Seule une incurable romantique peut croire une chose pareille.

— Dans ce cas, ton frère en est un.

— Sois réaliste, Beth. Un mariage sur trois se termine par un divorce, et la femme finit la plupart du temps par élever ses enfants seule. J'aboutirai au même résultat sans passer par l'intermédiaire du mariage, c'est tout.

— En bref, tu as rayé les hommes de ton existence. Te rends-tu compte que tu te prives par la même occasion de toute émotion ? As-tu essayé d'imaginer ce que c'est que de vivre au côté de quelqu'un qu'on aime ? La maternité ne suffit pas à une femme pour s'épanouir.

— Cela me suffira, à moi. Du moment que mon enfant a les yeux bleus...

— Avec les coins qui retombent ? Telle que tu es partie, tu auras besoin de souvenirs pour te tenir compagnie pendant les longues nuits d'insomnie en solitaire... Appelle-le, Amanda !

— Pour lui demander de... de...

Beth leva les yeux au ciel.

— Pas de but en blanc, voyons ! D'abord, tu appâtes, ensuite tu ferres. Prends le temps de le connaître avant de lui poser *la* question.

— Et s'il refuse?

Beth réfléchit quelques instants.

— Il te prend vraiment pour une secrétaire intérimaire?

— Oui, pourquoi?

— Ne le détrompe surtout pas. Il n'a pas besoin de savoir que tu es Amanda Garland.

Amanda fut profondément choquée.

— Es-tu en train de me suggérer de coucher avec lui sans lui révéler ce que j'attends de lui?

— Pourquoi pas?

— Je le jette après usage, c'est ça?

— Considère ça comme un pillage, un raid, un hold-up, que sais-je?

Saisie d'une crise de fou rire, Beth s'effondra dans un fauteuil.

— Sors de cette pièce, Beth!

Beth pouffa de plus belle.

— C'est trop drôle.

— Je ne trouve pas!

Reprenant son sérieux, Beth essuya ses yeux humides.

— Tu as raison. Ce n'est pas drôle mais délirant. Une bonne cure pour te remettre les idées en place te ferait le plus grand bien. Remarque, le rendez-vous à la clinique n'a lieu que dans plusieurs semaines. Peut-être qu'entre-temps...

Peut-être qu'entre-temps, Daniel aurait appelé.

— Un jour, tu me reprocheras de t'avoir encouragée, déclara Beth solennellement. A la minute où tu sauras que le test est positif, tu me renverras.

— Cela m'étonnerait. Mes projets d'expansion m'obligent à prendre un associé pour partager les charges. J'ai tout de suite pensé à toi.

Pour la première fois de sa vie, Beth demeura bouche bée.

— Tu envisages de me prendre comme associée ! Ça alors !

— Tu ne remets plus en cause ma santé d'esprit ?

— Plus du tout. Et je suis certaine que Daniel Redford et toi ferez le plus beau bébé du monde.

— Laisse tomber ce sujet, veux-tu ?

— Avoue que c'est tout de même mieux qu'une seringue dans une clinique, non ? Et puis Daniel Redford ne t'obligerait pas à serrer les dents en pensant aux destinées de l'Angleterre.

Amanda sourit.

— Certes.

— Bon ! Je vais mener une petite enquête sur ce monsieur.

— Sur Daniel ? Pourquoi ça ?

— Je suppose que tu n'es pas la seule femme à succomber à son sourire ravageur et à ses œillades dévastatrices. Dieu sait ce qui peut se passer à l'arrière des limousines... Or, à moins d'exiger qu'il subisse un test sanguin, une enquête est le seul moyen de s'assurer de sa moralité et de sa bonne santé.

— Tu demandes ça à tous les hommes que tu fréquentes ?

— Je n'envisage pas d'avoir un enfant avec quelqu'un que je viens juste de rencontrer.

Amanda rendit les armes. Beth avait raison. En fait, elle ne protestait que parce qu'elle craignait des révélations désagréables sur Daniel.

— Comme tu voudras, acquiesça-t-elle.

— Parfait ! Maintenant, revenons à nos affaires.

— J'ai déjà commencé à rédiger le contrat d'association.

— Je pensais à Daniel, pas à l'agence. Tu ne peux pas l'inviter à dîner.

— Pourquoi ça ?

— Parce qu'il lui suffira de jeter un coup d'œil à tes

meubles précieux ou à tes tableaux pour comprendre que tu n'es pas une intérimaire.

— Il faudra bien que je lui dise la vérité un jour, de toute façon.

— Méfie-toi. Certains hommes n'aiment pas les femmes au parcours professionnel trop brillant.

— Daniel n'est pas étroit d'esprit.

— Tu es décidément plus naïve que je ne le pensais, Amanda. Et si ton diamant brut décidait de s'incruster en découvrant qu'il a affaire à une riche héritière ? Peut-être te jouera-t-il la comédie du grand amour dans le seul but de mettre la main sur ta fortune ?

— On voit que tu ne le connais pas !

— C'est justement ce qui me permet de fonctionner avec mes cellules grises et non avec mes hormones, figure-toi.

— Où est Sadie ?

Bob leva le nez du moteur de la Bentley qu'il était en train de réviser.

— Elle est partie déjeuner avec deux des gars.

— Lesquels ?

— David et Michael, je crois.

— Pas Ned Gresham ?

— Ne vous inquiétez pas, patron. Ils savent à quoi s'en tenir.

Daniel l'espérait. Surtout pour Ned. En découvrant vendredi que le Casanova local avait raccompagné Sadie, il avait failli avoir une attaque.

— Comment se débrouille-t-elle ? Vous n'avez pas trop de problèmes ?

— Elle s'exprime comme un charretier, mais il en faut davantage pour me choquer. Surtout de la part d'une adolescente. A part ça, elle n'aime pas laver les voitures, mais elle est calée en mécanique. Vous avez toujours l'intention de la renvoyer en pension la semaine prochaine?

— En principe. Partir du bas de l'échelle ne correspond pas à ce que j'avais en tête pour elle.

Bob se releva en s'essuyant les mains sur un chiffon.

— Vous l'avez bien fait, vous.

— Je n'avais pas le choix.

— A votre place, je ne m'inquiéterais pas trop. Tout s'arrangera avec le temps. Cela étant, elle ne semble pas ravie d'être obligée de venir en autobus. Je suppose que cela fait partie de votre plan de redressement?

— Le seul endroit où je sois prêt à la conduire est la pension.

— J'ai une moto à la maison, une petite cylindrée qui a juste besoin d'une bonne révision. Et comme Sadie a son permis...

— Pardon?

— C'est vous qui lui avez appris à piloter, paraît-il.

— Peut-être, mais elle n'a pas l'âge du permis.

— Pour une moto, il suffit d'avoir seize ans. Elle l'a passé l'été dernier avec une de ses amies.

— Quelle fripouille! Vous lui avez parlé de votre moto?

— Je lui ai proposé de me donner un coup de main pour la réviser un soir après le travail. Maggie ne l'a pas vue depuis longtemps. Elle serait contente de bavarder un peu avec elle.

— Entendu, mais qu'elle ne roule pas sans ma permission.

Bob et Maggie avaient été d'un grand secours quand Vickie était partie en abandonnant Sadie. Maggie s'était occupée d'elle jusqu'à ce qu'elle demande à partir en pension.

De retour dans son bureau, Daniel posa les billets de théâtre à côté de la boucle d'oreille en les contemplant d'un air pensif. Sadie traversait une crise grave. Le moment était mal choisi pour se lancer dans une relation avec Mandy Fleming. Si tant est qu'elle fût tentée de le revoir. Une femme qui fréquentait les stars de cinéma devait trouver fort peu d'intérêt à un simple chauffeur.

La boucle d'oreille au creux de la main, il la caressa longuement. Le bon sens lui commandait d'offrir les billets à quelqu'un d'autre et de demander à Karen de renvoyer le bijou à sa propriétaire. Mais le bon sens n'avait rien à voir avec de longues jambes fuselées, une silhouette de rêve et le lobe délicat d'une oreille ornée de jade...

Sans plus hésiter, il referma les doigts sur la boucle et composa le numéro de l'agence.

— Beth Nolan à l'appareil.

— Est-il possible de laisser un message pour Mandy Fleming ?

Il y eut une légère pause à l'autre bout du fil.

— Mandy Fleming ?

— C'est une de vos secrétaires.

— Puis-je savoir qui appelle ?

— Daniel Redford.

— Désolée, monsieur Redford, nous ne prenons pas de messages personnels.

— Il ne s'agit pas d'une affaire personnelle. J'appelle de Capitol Cars. Mlle Fleming a perdu une boucle d'oreille dans une de nos voitures la semaine dernière.

— Ah !

— Voudriez-vous lui demander d'appeler le bureau afin de trouver un arrangement pour qu'elle la récupère ?

— Déposez-la donc à l'agence. Je veillerai à ce qu'elle lui parvienne.

— Chez Capitol Cars, l'usage veut que nous remettions les objets oubliés en main propre.

— Je vais voir ce que je peux faire.

※※

Amanda faisait les cent pas dans son salon. Son besoin de travailler au calme n'était qu'un faux prétexte pour téléphoner à Capitol Cars en échappant à la vigilance de Beth. Si celle-ci apprenait qu'elle avait délibérément « perdu » une boucle d'oreille dans la Jaguar, elle ne lui épargnerait aucun sarcasme. Malheureusement, cette manœuvre désespérée ne porterait peut-être pas ses fruits. Peut-être n'intéressait-elle pas Daniel Redford, après tout. Peut-être que la personne chargée du nettoyage des voitures avait avalé la boucle avec son aspirateur ou qu'il l'avait jetée dans une boîte réservée aux objets perdus en attendant qu'on vienne la réclamer.

La réclamer était d'ailleurs la seule chose à faire, décida-t-elle en composant le numéro de Capitol Cars.

— Capitol Cars, Karen à l'appareil. Que puis-je pour votre service ?

La gorge nouée par l'appréhension, Amanda s'arma de courage.

— Je crois que j'ai égaré une boucle d'oreille à laquelle je tiens beaucoup dans une de vos voitures.

— Quand était-ce ?

— La semaine dernière. Le chauffeur était Daniel Redford.

— Dan ? Cela devait être vendredi, alors.

Amanda ouvrit des yeux ronds. Il ne conduisait que le vendredi ?

— C'est ça. Pouvez-vous lui demander s'il l'a trouvée ? Je vais vous laisser mon numéro pour qu'il...

— Non, attendez, je vais vérifier auprès de lui.

Le pouls d'Amanda s'affola. Il était là ?

Trois secondes plus tard, une voix grave résonnait dans l'appareil.

— Mandy?

— Bon... bonjour, Daniel. Je ne m'attendais pas à vous entendre. Je pensais que vous travailliez... enfin que vous conduisiez.

— Pas aujourd'hui.

Il semblait se retenir pour ne pas rire.

— Je... j'appelle au sujet d'une boucle d'oreille. Je pense qu'elle est peut-être tombée dans votre voiture.

— Une boucle en jade? J'ai téléphoné à l'agence il y a un instant pour laisser un message à ce sujet.

Il s'exprimait posément, calmement, alors que son cœur à elle semblait pris de folie.

— Voulez-vous que je la dépose chez Garland?

Pour que Beth l'examine comme une bête curieuse? Surtout pas!

— Non. Le voiturier va faire une attaque s'il vous voit encore dans les parages. Je pourrais passer la prendre chez Capitol Cars. Laissez-la à la réception.

Daniel ne tenait pas à ce qu'elle découvre ses fonctions réelles dans l'entreprise. Il voulait qu'elle l'apprécie pour lui-même, non pour ce qu'il représentait. Un sourire aux lèvres, il effleura les billets posés devant lui.

— J'ai une meilleure idée. Si la comédie musicale vous tente, allons-y ensemble. Je vous rendrai la boucle à cette occasion.

— Vous ne préférez pas y aller avec votre fille?

— Sadie est privée de sortie jusqu'à nouvel ordre. Et puis, je préfère vous emmener vous.

Amanda sentit ses joues s'empourprer. D'émotion, de plaisir, d'impatience...

— Les réservations sont pour demain soir. Peut-être n'êtes-vous pas libre?

Oh si, elle était libre comme l'air. Surtout pour lui.

— Cela me convient parfaitement.

— Le spectacle commence à 20 heures. Quand voulez-vous que je passe vous prendre?

Pas chez elle ni à l'agence !

— Le plus simple serait que je vous rejoigne directement au théâtre, assura-t-elle.

— Entendu. Retrouvons-nous une demi-heure avant le début. Cela nous permettra de prendre un verre.

En raccrochant, Amanda se mordit la lèvre pour ne pas hurler de joie. Il avait appelé en premier !

La sonnerie du téléphone l'interrompit en pleine crise jubilatoire. C'était Beth, bien sûr.

— Alors, Mandy Fleming ! On perd ses boucles d'oreilles dans les voitures, maintenant ? Voilà qui est finement manœuvré, ma chère.

4.

— Tu ne m'avais pas dit qu'il avait une voix de crooner, dis-moi !

Amanda leva les yeux au ciel. Quel démon pervers l'avait poussée à proposer à Beth de venir l'aider à choisir sa robe pour sa première soirée avec Daniel Redford ?

— Il a une voix parfaitement normale. Que penses-tu de ça ? s'enquit-elle en brandissant un ensemble gris clair.

— Dois-je te rappeler qu'il ne s'agit pas d'une invitation à prendre le thé à Buckingham Palace ? railla son amie. Si tu veux lui tourner la tête, mets la robe noire. Aucun homme n'y résisterait.

— Pas question. Il va croire que je cherche à l'entraîner au lit !

— N'est-ce pas le but de l'opération ?

— C'est toi qui m'as conseillé la prudence, non ?

— Tout le monde peut se tromper. Un peu de bon temps te fera le plus grand bien.

Amanda commençait à regretter sincèrement d'avoir mis Beth dans la confidence.

— Je... j'aimerais le connaître un peu mieux d'abord. Et puis ne me regarde pas comme ça !

— Comme quoi ?

— Avec ce sourire stupide ! Il n'y a pas de quoi rire. C'est sérieux, très sérieux, même.

— La grande Amanda Garland intimidée pour la première fois de sa vie! Cela mérite d'être noté dans les annales.

Amanda rougit comme une écolière.

— J'ai peur qu'il soit déçu.

— Aucun risque, surtout si tu mets toutes les chances de ton côté. C'est exprès que tu portes des bas?

— Je porte toujours des bas.

— Noirs?

La question valut à Beth une œillade furibonde. Amanda se laissa tomber au bord du lit en soupirant.

— Tu t'amuses comme une petite folle, n'est-ce pas?

— Tu veux que je réponde franchement?

— Tu as intérêt!

Le sourire de Beth s'élargit encore.

— Eh bien, oui. Je ne me suis pas amusée comme ça depuis que j'ai découvert la crème Chantilly en bombe.

— Tu m'écœures. Et tu es renvoyée.

— Impossible, maintenant que je suis ton associée. Et pour la robe, prends la noire.

— Tu crois, vraiment? Elle est très osée.

— C'est la tenue idéale. Elle en cache assez pour laisser l'imagination s'emballer et découvre juste ce qu'il faut pour donner envie de passer aux actes. C'est l'effet recherché, non?

Amanda acquiesça en s'empourprant de plus belle.

Après avoir enfilé la robe d'une main tremblante, elle leva vers son amie un regard indécis.

— Alors?

— C'est très... très...

— Très quoi? interrompit Amanda au comble de l'angoisse.

— Très... Oh, et puis zut! Tu m'as parfaitement comprise!

**

Mandy Fleming était en retard. Plongeant la main au fond de sa poche, Daniel fit rouler nerveusement la boucle d'oreille entre ses doigts. Et si elle ne venait pas? Ce serait peut-être préférable... Une femme à la fois lui suffisait — surtout quand l'une d'elles s'appelait Sadie.

Sa fille vérifiait le niveau d'huile d'une voiture quand il lui avait annoncé qu'il sortait. Elle lui avait alors froidement répliqué qu'elle comptait passer la soirée dans une boîte de nuit.

— Toute seule?

— Je ne serai pas seule. Annie m'a invitée.

La fille de leur voisin! Une gamine délurée, absolument infréquentable.

— Tu es consignée à la maison, je te rappelle. De plus, tu n'as pas l'âge.

— Annie m'a affirmé que ce n'était pas un problème.

Il voulait bien le croire. Avec son mètre soixante-dix, Sadie n'aurait aucun mal à se faire passer pour une fille de dix-huit ans.

— Je vais faire tatouer ta date de naissance sur ton front!

— Oh oui! Juste là, en tout petit.

Sadie avait désigné son sourcil gauche d'un doigt plein de cambouis. Puis elle avait éclaté de ce rire de gorge infernal qui lui rappelait sa mère dans ses pires moments.

Par un hasard providentiel, Bob avait choisi cet instant pour proposer à Sadie de lui donner un coup de main pour réparer la moto. Sadie avait sauté de joie. Et Daniel avait accueilli cette offre avec une telle gratitude qu'il ne nourrissait plus de doutes sur son désir de revoir Mandy Fleming.

Il jeta un coup d'œil à sa montre. Depuis quand n'avait-il pas été dévoré d'impatience avant un rendez-vous?

— Daniel?

Elle était là. Devant lui. Si belle qu'il ne sut s'il fallait la prendre pour un ange ou une sorcière. Les deux, sans doute... A court de mots, il se leva sans rien dire.

Pourquoi n'était-il pas resté sagement chez lui à jouer les pères tranquilles ? Sagement... Comme si la sagesse avait une chance face à une femme aussi éblouissante !

— Je suis désolée. Cela devient une habitude de vous faire attendre.

Cette voix ! Chaude, veloutée, riche de promesses...

— Cela valait la peine ! répliqua-t-il d'un ton étouffé.

Seigneur ! Il n'aurait pu trouver pire que cette banalité affligeante.

— Voulez-vous prendre un verre ?

Il rêvait de s'échapper vers le bar pour retrouver un peu d'empire sur lui-même. Depuis le moment où il avait posé les yeux sur elle, il n'avait plus qu'une idée en tête. Or, s'il n'était pas assez raffiné pour aimer danser, il était assez intelligent pour savoir qu'afficher trop vite ses intentions ne lui gagnerait pas les faveurs de la belle.

Amanda se faisait l'effet d'une adolescente éperdue devant son idole. Elle redoutait tant que la réalité ne fût pas à la hauteur de son souvenir qu'elle s'était presque convaincue d'avoir exagéré le charme de cet homme.

Rien n'était moins faux. Il dégageait un magnétisme indéfinissable, une autorité naturelle, une énergie qui le plaçaient cent coudées au-dessus des hommes les plus séduisants qu'elle ait jamais rencontrés.

— Je prendrai volontiers un jus d'orange.

Fascinée, elle le suivit des yeux tandis qu'il fendait la foule avec aisance. D'un geste, il attira immédiatement l'attention d'une serveuse débordée. Avec son costume clair, sa chemise bleu nuit, sa cravate impeccablement nouée, il ne pouvait passer inaperçu. Amanda s'étonna presque de ne pas le voir assailli d'une nuée de femmes. La concurrence devait être rude !

En revenant vers elle, il la surprit en train de l'observer et lui décocha son fameux sourire. Elle sut alors que, si besoin était, elle se battrait bec et ongles contre la concurrence. Daniel Redford était un homme trop rare.

Pourquoi sa femme l'avait-elle quitté?

La question surgit du fond de son subconscient, si troublante qu'elle la chassa. Il ne s'agissait que d'une soirée, après tout. D'ailleurs, elle mettrait un terme à cette relation insensée dès la fin du spectacle. Cela valait mieux. Pour elle comme pour lui.

Il la rejoignit à la petite table qu'il avait réussi à conserver contre vents et marées.

— Vous avez travaillé tard, ce soir?

— Oui, mentit-elle.

La cause de son retard était la peur. Une peur qui lui nouait encore l'estomac. Une longue habitude lui permit de donner le change.

— Ce n'est pas pour cette raison que je vous ai fait attendre, mais pour que vous ne pensiez pas que vous étiez irrésistible, reprit-elle d'un ton malicieux.

Ce badinage faillit avoir raison de Daniel. Il s'en fallut d'un cheveu qu'il ne l'entraîne vers la sortie pour lui faire l'amour dans sa voiture.

Conscient de perdre la tête, il revint à un sujet plus terre à terre.

— Il y a peu de risques, répliqua-t-il. D'autant que j'ai été à deux doigts d'annuler la soirée à cause de Sadie. Elle voulait sortir dans une boîte de nuit. Vous autoriseriez une fille de seize ans à aller dans un night-club, vous?

— En tant qu'adulte, je me verrais dans l'obligation de refuser.

— Mais?

— A l'âge de Sadie, je rêvais des mêmes choses.

— Comment réagissiez-vous quand votre père vous interdisait de sortir?

Mandy battit des cils et Daniel cessa momentanément de respirer.

— Inutile de demander la permission quand on connaît la réponse à l'avance.

Daniel hocha lentement la tête.

— En d'autres termes, je devrais remercier ma bonne étoile que Sadie ne soit pas aussi rusée que vous.

— Qu'en savez-vous? A votre place, je me méfierais. Les filles sont parfois la duplicité même.

Daniel sentit une sueur froide courir le long de son dos. Et si la moto n'était qu'un prétexte pour permettre à Sadie de sortir? Si Bob était de mèche avec elle?

— Seigneur! Vous pourriez bien avoir raison.

— Dans ce cas, pourquoi êtes-vous ici au lieu de monter la garde?

— Sadie est chez Bob, un de mes... collègues. Elle doit l'aider à réparer une moto.

— La pauvre! Vous parlez d'une soirée!

— Une moto avec laquelle elle pourra se rendre au travail, si son comportement me satisfait.

— Elle sait conduire une moto?

— C'est moi qui lui ai appris. Depuis, elle a passé son permis à mon insu. Comme vous dites: la duplicité même.

La sonnerie annonçant le début du spectacle mit un terme à la conversation.

Un théâtre était l'endroit idéal pour un premier rendez-vous, décida Amanda en attendant le lever de rideau. Les bras se frôlèrent quand ils s'installèrent, les genoux s'effleuraient pour laisser passer un retardataire, leurs épaules se touchaient quand l'un d'eux se penchait pour écouter un commentaire, le fin lainage d'une veste caressait un bras nu...

— Qu'avez-vous dit?

Amanda avait parfaitement entendu la dernière remarque de Daniel. Elle voulait seulement se rapprocher

60

encore, sentir son souffle sur sa joue, le poids de son épaule contre la sienne. Elle le voulait tout court. Ce soir.

Comme il ne répondait pas, elle leva la tête. Une flamme ardente, presque inquiétante embrasait le regard de Daniel. Amanda avait l'habitude que ses admirateurs la contemplent comme des chiots en adoration, mais Daniel Redford n'avait rien d'un chiot. Il n'obéirait pas aux ordres, pas plus qu'il ne se contenterait de rester assis patiemment en attendant un sourire.

Brusquement, elle ne fut plus certaine qu'il serait si facile de tirer un trait sur lui. Ni après le spectacle ni plus tard encore...

Daniel se sentait à l'étroit sur ce siège minuscule. Quelle folie ! Sans avoir vécu comme un moine, il n'avait jamais eu envie d'une femme avec une telle urgence. Chaque cellule de son corps lui rappelait qu'il était un être de chair et de sang, un homme avec des désirs et des pulsions. Ses sens en alerte percevaient le parfum légèrement citronné de sa compagne, la caresse de ses cheveux contre sa joue quand elle inclinait la tête pour l'écouter, le grain parfait de cette peau nacrée qu'il devinait soyeuse.

Il sut aux prunelles assombries qui le fixaient que Mandy partageait son émoi. Qu'il n'était pas seul à souffrir, à attendre, à se languir...

Les lumières s'éteignirent, le silence tomba sur la salle obscure, les plongeant dans une intimité encore plus profonde.

Amanda éprouva les pires difficultés à s'intéresser au spectacle. La présence de Daniel à son côté la troublait infiniment. Le moindre frôlement, les effluves de sa peau, sa chaleur l'électrisaient. Frémissante, elle espérait de toute son âme qu'il lui prendrait la main.

En l'observant à la dérobée, elle s'aperçut qu'il avait les yeux rivés sur elle. Elle le dévisagea, fascinée, et fondit quand une grande main enveloppa la sienne.

Le cœur de Daniel cognait à tout rompre dans sa poitrine. La main minuscule qu'il serrait dans la sienne l'émouvait plus qu'il ne l'aurait cru. Elle lui donnait l'impression d'être un géant maladroit. A mille lieues du spectacle, il savourait avec une délectation émerveillée la douceur de la peau satinée qu'il sentait sous son pouce.

Troublée jusqu'au vertige par le va-et-vient sensuel de ces doigts caressants au creux de son poignet, Amanda parvint tant bien que mal à suivre le déroulement de l'action sur la scène. Et lorsque après une fin particulièrement dramatique le rideau s'abaissa sous un tonnerre d'applaudissements, elle demeura immobile, les yeux embués de larmes.

Sans un mot, Daniel lui tendit un mouchoir.

— Excusez-moi, murmura-t-elle. Je ne suis pas aussi sentimentale, d'ordinaire.

— C'est peut-être la faim. Elle diminue nos défenses émotionnelles.

— Vous êtes sûr?

— Pas vraiment, mais c'était une façon détournée de vous dire que je connais un excellent restaurant italien.

Amanda oublia aussitôt sa résolution de quitter Daniel après le spectacle.

— Croyez-vous que nous aurons une table aussi tard?

— J'en ai réservé une. En espérant que vous aimiez la cuisine italienne.

— Et si je la déteste?

— Nous pourrons toujours aller manger un hot dog sur l'Embankment.

— Je vote pour l'italien.

Sans plus attendre, Daniel enveloppa les épaules de Mandy de son étole de cachemire avant de la guider vers la sortie. Sur le trottoir, il fit signe à un taxi stationné non loin de là qui s'approcha aussitôt. Amanda attendit que Daniel ait donné l'adresse du restaurant au chauffeur pour s'exclamer avec stupeur :

— Comment faites-vous pour obtenir un taxi aussi vite ? Y a-t-il un signal particulier de reconnaissance entre chauffeurs ?

— Non, rassurez-vous. J'ai demandé au chauffeur de nous attendre à la sortie du théâtre quand il m'a déposé tout à l'heure.

Le restaurant, le taxi... Daniel avait tout prévu, décidément. De nouveau, une peur irrationnelle s'empara d'Amanda. Tout allait trop vite, songea-t-elle en frissonnant.

— Vous avez froid ?

Daniel voulut lui enlacer les épaules, mais Amanda se dégagea. Elle avait passé l'âge de dire non avec sa bouche et oui avec son corps, même si celui-ci lui conseillait d'oublier toute méfiance. Vulnérable comme elle l'était au charme de cet homme, le meilleur moyen d'y résister était d'éviter tout contact physique.

Réfugiée de l'autre côté de la banquette, elle perçut l'étonnement de Daniel devant cet inexplicable refroidissement. Mal à l'aise, elle lança d'un ton léger :

— Je regrette pour le taxi. J'espérais que vous pourriez me donner votre « truc ».

— Comme si vous en aviez besoin ! A mon avis, vous ne devez avoir aucun problème à attirer l'attention des chauffeurs de taxis !

— Si vous avez pu vous permettre le luxe de prendre un taxi, vous n'habitez pas très loin, je suppose.

— Pas très, en effet.

Cette réponse évasive intrigua Amanda. Pourquoi cette réticence à lui révéler son adresse ?

— Et vous ? Où habitez-vous ?

Prise au dépourvu, Amanda opta pour la prudence, au cas où il insisterait pour la raccompagner. Mieux valait réfléchir encore avant de pousser la relation plus loin.

— Je loge chez une amie en ce moment. On refait mon appartement et les odeurs de peinture me donnent des migraines épouvantables.

Sur ce dernier point, elle disait vrai. Sur le reste non. Or, elle ne savait pas mentir. D'ailleurs, soit elle en avait trop dit, soit pas assez. Au comble de l'embarras, elle baissa les yeux.

— J'espère que j'ai emporté la clé. Mon amie va me vouer aux gémonies si je la réveille.

Cette histoire d'amie éveilla la méfiance de Daniel. Aguerri par son expérience avec Vickie, il flairait les mensonges comme un chien de chasse le gibier. Au fond, cela tombait plutôt bien. Il était trop tôt pour pousser les choses plus avant.

Hélas, ce beau raisonnement le laissa plus déçu que soulagé.

Amanda releva brusquement la tête.

— Ecoutez, ce n'est finalement peut-être pas une bonne idée d'aller au restaurant. Il est tard, je dois me lever tôt demain et vous devriez peut-être rentrer pour votre fille.

Ce n'était plus la prudence ou la raison qui gouvernaient Amanda à présent, mais une franche panique.

— Vous avez sans doute raison, répliqua Daniel après une courte hésitation.

Il se pencha vers le chauffeur.

— Pouvez-vous vous arrêter, s'il vous plaît ?

— Que... que faites-vous ? balbutia Amanda, sidérée.

— J'ai passé une délicieuse soirée, Mandy. Merci d'avoir accepté de m'accompagner. Le taxi vous emmènera où vous le souhaitez.

En sortant de voiture, Daniel tendit quelques billets au chauffeur.

— Mais...

La portière se referma avant qu'Amanda pût achever sa phrase. Daniel s'éloigna sans un regard en arrière. Le taxi démarra.

— Où dois-je vous emmener, mademoiselle ?

Mortifiée, Amanda donna son adresse dans un mur-

mure. Inutile de se faire des illusions. Daniel n'aurait jamais pris la fuite si elle ne s'était comportée de façon aberrante. A la magie de leurs retrouvailles, à la merveilleuse sensualité qui circulait entre eux avait succédé la terreur devant la violence du désir qu'il lui inspirait. Jamais aucun homme ne lui avait ainsi fait perdre ses moyens.

Tentée un instant de demander au chauffeur de faire demi-tour, elle se ravisa. Machinalement, elle se massa le poignet, là où Daniel l'avait caressée, comme pour préserver les dernières traces de sa présence.

Elle manquait de pratique, voilà tout ! Cela faisait des années qu'elle n'était pas sortie avec un homme qui l'attirait vraiment. D'où les messages sans équivoque qu'elle lui avait envoyés. S'il en avait tiré certaines conclusions, elle ne pouvait décemment pas le lui reprocher.

Que voulait-elle, exactement ? Une brève union sans âme ne lui suffirait pas, elle le savait. Et puis, à quoi bon s'interroger ? Elle avait tout gâché et pouvait lui dire définitivement adieu.

Ravalant ses larmes, elle se redressa avec dignité.

Elle aurait mieux fait de s'en tenir à son plan initial.

— Tu vas travailler, ce matin ?

La voix de Sadie tira Daniel du sommeil profond de ceux qui ne se sont endormis qu'à l'aube. Ouvrant péniblement un œil, il contempla sa fille en réprimant une grimace. Portait-elle jamais autre chose que du noir ?

— J'irai plus tard.

— La soirée a été bonne, alors ?

— Pas vraiment. La tasse de thé que tu tiens dans la main m'est-elle destinée ?

— Mme George m'a dit de te l'apporter. D'après elle, tu dois être mal en point si tu es encore couché.

— Mme George est une sainte. Si tu veux suivre son

exemple et rejoindre la confrérie, pose la tasse sur ma table de chevet et referme la porte doucement en sortant.

Sadie obtempéra puis elle se baissa pour ramasser quelque chose.

— Qu'est-ce que c'est?

Daniel reconnut la boucle d'oreille de jade. En quittant Mandy, il s'était félicité de l'avoir échappé belle, sans savoir vraiment à quoi il avait échappé. Puis, comme il rentrait à pied pour s'éclaircir les idées, il s'était aperçu qu'il avait oublié de rendre le bijou à sa propriétaire.

— Une boucle d'oreille. Ça se voit, non?

Sadie la posa à côté de la tasse.

— Je ne te demanderai pas ce qu'elle fait par terre dans ta chambre. Je suis certainement trop jeune pour le savoir.

— Elle est là parce que je l'ai laissée tomber.

— Qui la portait?

— Sors d'ici!

— Tu ne te lèves pas? Comme tu es en retard, j'espérais que tu pourrais me conduire. Enfin, si tu n'as pas trop la gueule de bois...

— Je n'ai pas la gueule de bois, j'ai passé une mauvaise nuit, c'est tout!

— Comme le prouve la boucle d'oreille.

Furieux, Daniel se dressa sur son séant.

— Si j'avais envie de ce genre de distraction, je choisirais un endroit où tu ne dors pas dans la pièce voisine.

— Ah! Elle est du genre bruyant?

Daniel consulta son réveil d'un œil noir.

— Il te reste dix minutes pour être à l'heure au travail.

— Sinon?

— Sinon, tu peux prendre un rendez-vous à l'agence pour l'emploi.

⁂

Amanda arriva très en retard au bureau. D'énormes lunettes noires dissimulaient les cernes qui lui soulignaient les yeux. Une heureuse initiative, car Beth l'attendait, les yeux brillants d'impatience.

— Ne pose aucune question, déclara Amanda.

— Veux-tu une tisane ? proposa son amie d'un ton doucereux.

— Du café ! Très fort, avec beaucoup de sucre.

Quelques minutes plus tard, Beth déposait devant elle une tasse de camomille et un comprimé.

— J'ai lu dans un de tes livres que trop de café nuit à la fécondité.

— Qu'est-ce que c'est que ce comprimé ?

— De la vitamine B6. Tous les manuels préconisent d'en prendre chaque matin dans le mois qui précède la grossesse pour supprimer les nausées matinales.

— Tu lis trop.

— Mon père m'a apporté des épinards de son jardin. Ils sont dans le refrigérateur.

Amanda gémit. La migraine qui menaçait d'éclater à la suite de sa nuit blanche devint brusquement réalité.

— Des épinards ! Tu deviens folle ! Et d'où sort ce réfrigérateur ?

— C'est toi qui m'as demandé d'en faire installer un. On l'a livré ce matin. Il est rempli de jus d'orange, de yaourts et de lait écrémé.

— Pourquoi écrémé ?

— Parce qu'il y a moins de graisses et autant de calcium que dans le lait entier.

— Seigneur !

Sans être enceinte, Amanda sentit déjà la nausée pointer.

— Il faut aussi que tu manges beaucoup de légumes verts.

Peu désireuse de poursuivre sur ce thème, Amanda changea de sujet.

— C'est bien ce matin qu'on doit signer le bail pour la location des bureaux du rez-de-chaussée ?

— Si tu ôtes tes lunettes, tu t'apercevras que le contrat est sous tes yeux. Que s'est-il passé? La nuit a été mouvementée?

— Non! Je n'ai pas fermé l'œil, c'est tout.

Consciente que la réponse pouvait prêter à confusion, Amanda précisa:

— Nous nous sommes quittés après le spectacle. Point à la ligne.

Pendant qu'elle parcourait le bail, son mal de tête empira.

— Tu as de l'aspirine? s'enquit-elle d'un ton las.

— Pas de médicaments. Essaie plutôt l'huile de lavande. C'est miraculeux, tu verras.

Amanda considéra d'un regard soupçonneux la fiole que Beth lui tendait.

— Frotte l'intérieur de tes poignets. Tu te sentiras beaucoup mieux.

— Je n'ai pas besoin de remèdes de bonne femme, mais d'aspirine! Tout de suite!

5.

— Dois-je comprendre que le projet de bébé est momentanément suspendu? lança Beth d'un ton innocent.

— Ne me provoque pas!

Un élancement abominable arracha une grimace à Amanda.

— Un peu de lavande? proposa Beth.

Otant ses lunettes, Amanda la fusilla du regard.

— Si tu continues, je t'étrangle.

— On n'étrangle pas quelqu'un avec qui on vient de signer un contrat d'association.

Amanda sourit malgré elle. Plus qu'à Beth, c'était à elle qu'elle en voulait. Elle ne se pardonnait pas de s'être laissé entraîner dans cette situation équivoque. Et de ne même pas avoir eu le courage d'aller jusqu'au bout!

— Donne-moi cette fiole. Si cela ne me fait pas de bien, cela ne me fera pas de mal non plus.

Méfiante, elle déposa une goutte sur le bout du doigt et se massa les tempes.

— Les poignets aussi, précisa Beth. Voilà! Comme ça... Et maintenant, raconte-moi ce qui s'est passé hier.

— Rien. Après le spectacle, Daniel m'a invitée à dîner dans un restaurant italien et j'ai accepté. Dans le taxi, je lui ai dit que j'habitais temporairement chez une amie.

— Tu craignais qu'il se montre trop entreprenant?

69

— Non, c'est moi qui avais peur de l'être. De toute façon, il ne m'a pas crue.

— Ah !

Le visage enfoui dans les mains, Amanda inspira profondément. Contre toute attente, le parfum puissant de la lavande la détendit un peu.

— Et ensuite ? fit Beth.

— Ensuite, j'ai paniqué.

— C'est-à-dire ?

— J'ai invoqué tous les prétextes possibles pour faire machine arrière. Que je me levais tôt, que j'avais beaucoup de travail en ce moment, qu'il devait rentrer pour sa fille...

— Une vraie poule mouillée, quoi !

— Je ne m'attendais pas à ce qu'il me prenne au mot sans discuter. Avant que je comprenne ce qui arrivait, il m'a plantée là en me remerciant pour la soirée.

— Ça alors ! Il ne manque pas de toupet.

— Il doit s'imaginer qu'il suffit d'inviter une femme au théâtre et au restaurant pour qu'elle lui tombe dans les bras.

Beth éclata de rire.

— Allons, Amanda ! Tu ne penses pas un mot de ce que tu viens de dire.

— N'en sois pas si sûre, protesta-t-elle pour la forme.

— Tu ne serais pas dans cet état si tu prenais cet homme pour un mufle. Décidément, il me tarde de rencontrer ce phénomène !

— Rien de plus facile. Il suffit de louer les services de Capitol Cars en spécifiant que tu le veux comme chauffeur. Je parie qu'il flirte avec toutes ses passagères.

— Et s'il avait deviné tes craintes ? Peut-être s'agit-il tout simplement d'un acte de galanterie ?

— Cela m'étonnerait. Il était vexé parce qu'il a cru que je l'avais fait marcher, c'est tout.

— Est-ce le cas ?

— Je n'en sais rien.

Comme Beth la fixait d'un regard moqueur, Amanda rendit les armes.

— J'avoue que mon comportement a été ambigu mais, après le spectacle, j'ai retrouvé mes esprits. De toute façon, j'ai passé l'âge de ces petits jeux.

— Dans ce cas, appelle-le pour t'excuser.

Amanda ouvrit des yeux ronds.

— Pardon ?

— Ce n'est pas très difficile. Il suffit de lui dire la vérité. Il en sera très flatté. Ensuite, pour te faire pardonner, invite-le à dîner chez ton amie. Comme ça tu feras d'une pierre deux coups : vous vous réconcilierez et il verra que l'amie en question existe vraiment.

— Tu sais bien que j'ai menti.

— Pas tout à fait puisque l'amie c'est moi et que l'appartement est le mien.

— Et s'il accepte ?

Beth lui décocha un large sourire.

— J'irai passer la nuit chez toi. A moins que je ne décide de m'arrêter chez Mike en chemin.

Amanda eut une moue indécise. S'il s'agissait d'un contrat d'ordre professionnel, elle aurait accepté sans hésiter. Malheureusement, sur une question aussi personnelle, son jugement ne lui semblait plus aussi fiable.

Son incertitude n'échappa pas à Beth.

— Tu n'envisages pas de le laisser tomber, j'espère ? Pense à ces yeux embrumés, à ce sourire ravageur... Tu n'as jamais renoncé à quoi que ce soit, Amanda. Ce n'est pas le moment de commencer !

Elle secoua la tête.

— Daniel n'est pas un pantin, Beth. Il a du caractère. A mon avis, il ne rappellera pas.

— Alors, mets ta fierté de côté et fais-le. Laisse un message au garage pour l'inviter à dîner en précisant que ton amie est absente.

Décrochant le téléphone, Beth composa le numéro du garage.

— Beth! Je ne peux pas faire ça!

Mais déjà une voix féminine résonnait dans le combiné.

— Capitol Cars. Que puis-je pour votre service?

— Bien sûr que si, tu le peux, décréta Beth en glissant d'autorité le combiné dans la main d'Amanda.

— Capitol Cars. Que désirez-vous?

Amanda contempla l'appareil avec désespoir.

— Parle! ordonna Beth.

— Allô? Ici Capitol Cars.

— Euh... bonjour. Je suis... Mandy Fleming. J'aimerais parler à Daniel Redford.

— Bonjour, mademoiselle Fleming. Avez-vous récupéré votre bijou?

La boucle d'oreille! Seigneur, elle l'avait complètement oubliée.

— Nnnon... justement. Je vous appelle à ce sujet. Daniel devait me la rendre, mais il n'a pas encore trouvé le moyen de le faire.

— Vous avez de la chance. Il vient juste d'arriver.

Le cœur d'Amanda s'emballa. Etait-il en retard parce qu'il avait passé une nuit blanche, lui aussi?

— Si vous voulez bien patienter un instant, je vais lui demander si...

— Ce n'est pas la peine. Je peux faire un saut jusqu'au garage. Vous croyez qu'il sera là dans une heure?

— Certainement. Il n'a pas de rendez-vous avant le début d'après-midi.

— Tu vois! Ce n'était pas si compliqué, s'exclama Beth quand elle raccrocha.

Amanda contempla la fiole d'huile de lavande d'un air dubitatif. Puis, son sac à la main, elle se leva brusquement et se dirigea vers la porte.

— Ce produit est dangereux. Toi aussi, d'ailleurs. Tu as une très mauvaise influence sur moi.

— Un jour tu me remercieras. Mais où vas-tu ? Tu me parais bien pressée, tout à coup.

— Je vais chercher ma boucle d'oreille. Et peut-être, je dis bien peut-être, inviter Daniel Redford à dîner.

— Mais... tu y seras bien avant l'heure prévue !

— En effet. Simple précaution pour éviter qu'il ne prenne la poudre d'escampette au cas où la réceptionniste le préviendrait de mon arrivée. J'ai l'intention de lui couper l'herbe sous les pieds, figure-toi.

— Enfin ! Je reconnais là la vraie Amanda Garland.

Daniel déposa la boucle d'oreille ainsi qu'un petit mot destiné à Mandy sur le bureau de Karen.

— Voulez-vous faire parvenir ceci à Mandy Fleming à l'Agence Garland, s'il vous plaît ?

— Vous tombez bien, Dan. Mlle Fleming vient d'appeler. Elle doit passer la chercher elle-même.

Un frisson parcourut l'échine de Daniel. De loin, il lui était facile de garder la tête froide, mais face à face...

— Elle vient ici ? Quand ça ?

— Dans une heure. Ne vous inquiétez pas, je veillerai à lui remettre en mains propres.

Daniel réfléchit à toute vitesse.

— Puisqu'elle se déplace jusqu'ici, il serait plus correct que je la lui rende moi-même.

Il imagina la scène avec précision. Mandy pénétrant dans son bureau, comprenant qu'il était le patron et s'efforçant de rattraper sa bévue de la veille. Avec quel plaisir il la mettrait à la porte, alors !

Il esquissa une moue sceptique. Ce comportement dépité convenait à un gamin, pas à un homme mûr. Il était assez âgé pour sortir avec une femme sans attendre d'elle autre chose que le plaisir de sa compagnie. Et puis, qui sait s'il ne se trompait pas sur les motivations de Mandy ? Peut-être avait-elle tout simplement pris peur en lisant dans ses yeux le désir brûlant qu'elle lui inspirait.

— Faites-la entrer dès son arrivée, s'il vous plaît.

Le visage de Karen s'éclaira d'un sourire malicieux.

— Je me souviens, maintenant. C'est celle qui est jolie, n'est-ce pas?

A quoi bon nier? D'ici une heure, Karen saurait à quoi s'en tenir.

— En effet.

— Voulez-vous que je réserve une table dans un restaurant?

— Inutile.

— Dommage!

Certes, mais un homme affublé d'une adolescente en crise se devait de rester à la maison pour la maintenir dans le droit chemin... N'est-ce pas?

— Patron?

Daniel vérifiait le planning qui couvrait un mur entier de son bureau. Une tâche qui, en exigeant de sa part une concentration totale, lui évitait de songer à Mandy Fleming — ou plutôt, lui donnait l'impression qu'il l'avait chassée de ses pensées. Mais si sa fille venait l'interrompre à tout bout de champ, il n'y parviendrait jamais.

— Qu'y a-t-il? s'enquit-il sans se retourner.

— La Rolls fait un bruit bizarre. Bob aimerait que tu viennes voir.

Il fit volte-face, les sourcils froncés.

— Elle est louée pour un mariage demain, expliqua Sadie.

— Je sais.

La Rolls représentait le plus beau fleuron de son écurie. Il se souvenait avec précision de chaque jeune mariée qu'elle avait transportée.

Un peu inquiet, il consulta sa montre. Il avait amplement le temps de régler ce problème avant l'arrivée de Mandy. Et s'occuper de la Rolls le distrairait plus efficacement que le planning.

— J'enfile une combinaison et j'arrive.

— Bien, patron.

Daniel regarda sa fille sortir de la pièce en soupirant. Dans sa bouche, le mot « patron » prenait une résonnance exaspérante.

D'ailleurs, il commençait à douter du bien-fondé de sa décision. En l'obligeant à travailler, son intention était de lui faire comprendre les difficultés du monde réel. Malheureusement, le piège se retournait contre lui, car Sadie s'épanouissait de jour en jour.

En soi, cette réaction était plutôt rassurante, mais Sadie possédait un potentiel qu'elle ferait mieux d'exploiter à travers les études. Cette entreprise lui avait coûté de nombreux cauchemars et un mariage raté. Avec un diplôme en management, Sadie pourrait lui donner une nouvelle impulsion.

Un autre soupir lui échappa. Cette décision n'était hélas pas la seule erreur qu'il avait commise cette semaine. Avec un peu de chance, la Rolls l'aiderait à oublier Mandy Fleming un instant. Au moins, avec les moteurs, il se sentait en pays de connaissance.

Quand il pénétra dans le garage, Sadie était assise au volant de la Rolls dont le moteur tournait au ralenti.

— Où est Bob?

— Aux toilettes. J'appuie sur la pédale d'accélération. Ecoute!

Daniel perçut un battement irrégulier.

— C'est peut-être la soupape, suggéra Sadie.

Daniel secoua la tête en caressant du regard les lignes pures de la Rolls. Elle était belle, racée, élégante... exactement comme Mandy Fleming.

— Alors? fit Sadie.

Daniel revint brutalement au présent.

— Je vais jeter un coup d'œil.

**

Amanda contempla la façade de Capitol Cars d'un regard indécis. Son initiative lui paraissait particulièrement hasardeuse, mais, à défaut d'avoir une autre idée, elle se devait de mener celle-là à son terme.

Prenant une profonde inspiration, elle poussa la porte.

La réceptionniste portait un tailleurs gris foncé ainsi qu'un foulard sur lequel figurait le logo de l'entreprise. Sur les murs, des photographies de voitures anciennes, dont une Rolls avec une mariée assise à l'arrière, vantaient les mérites des berlines maison.

— Bonjour, madame. Que puis-je pour vous ?

Amanda reconnut la voix du téléphone.

— Nous nous sommes parlé il y a une demi-heure. Je suis Mandy Fleming. Daniel est-il là ?

La réceptionniste eut un sourire mystérieux.

— Il est au garage. Asseyez-vous donc pendant que je vais le chercher.

Pour qu'il prenne la fuite en apprenant qu'elle était là ? Certes non !

— Ne vous dérangez pas. Indiquez-moi la direction, j'irai moi-même.

La réceptionniste sembla hésiter.

— Je suis pressée, précisa Amanda.

— Traversez la cour et tournez à gauche. Vous le trouverez dans l'atelier près de la Rolls.

— Celle-là ? fit Amanda en désignant la photographie.

— Oui. Nous avons un mariage demain. Nous ne pouvons pas nous permettre d'avoir le moindre problème.

— Je comprends.

Soudain, une image étrange s'imposa à l'esprit d'Amanda. Assise à l'arrière de la Rolls en robe de mariée, Daniel à son côté, elle irradiait de bonheur...

« Balivernes ! » songea-t-elle en se dirigeant à grands pas vers la porte qui donnait sur la cour. Tout au fond, elle distingua un long bâtiment qui devait être le garage. Contournant une rangée de Jaguars et de Mercedes, elle

76

entra dans l'atelier. Une paire de chaussures de cuir émergeait de sous une Rolls étincelante.

— Passe-moi la lampe, Sadie !

Amanda chercha quelqu'un des yeux. Personne. Apercevant la lampe posée sur un banc, elle alla la chercher.

— Dépêche-toi ! grommela Daniel. Je n'ai pas toute la journée devant moi !

Une main couverte de cambouis s'agita avec impatience sous le châssis. Amanda y déposa la lampe sans un mot. Il y eut un silence puis un juron très bref mais parfaitement explicite.

— Vous avez un problème ? s'enquit Amanda en réprimant un rire.

Au son de cette voix, Daniel se figea. Puis, il tourna lentement la tête. Au lieu des énormes Doc Martens de sa fille, il aperçut des escarpins d'une finesse exquise et des chevilles uniques au monde. Des chevilles qu'il avait eu l'occasion d'admirer à deux reprises déjà.

La vague de désir qui le submergea n'eut d'égale que le trouble de son esprit. Lorsqu'il eut recouvré un semblant de maîtrise sur lui-même, il fit glisser le chariot sur lequel il était allongé.

C'était bien Mandy. Un instant, il avait espéré qu'il s'agissait d'une hallucination. Mais il s'agissait bien d'elle en chair et en os, plus réelle et plus belle que jamais. Les coudes appuyés sur le garde-boue, elle se penchait vers lui, un petit sourire aux lèvres, sa crinière noire encadrant son visage délicat d'une auréole de jais. Quand elle se redressa en la rejetant gracieusement en arrière, il sut qu'il courait un grave danger.

— Je vous attendais plus tard, chuchota-t-il d'une voix rauque.

— Ah ! La réceptionniste vous a prévenu de ma visite ?

— Oui. Elle n'aurait pas dû ?

— Je craignais que vous ne partiez déjeuner si vous le saviez.

— Est-ce pour cette raison que vous êtes venue plus tôt ?

— En partie, oui. Et je crois que j'ai bien fait... sinon vous auriez dû aller chercher la lampe par vos propres moyens. Il n'y a personne ici.

— Toute l'équipe est au pub. Je dois les retrouver pour leur offrir un verre.

Il tendit à Amanda un bout de papier accroché à une baguette en plastique. Elle s'en empara délicatement en évitant de toucher ses doigts maculés de graisse.

— « Je t'ai bien eu ! Sadie », lut-elle. Qu'est-ce que cela signifie ?

— Que je me suis laissé prendre au piège. Tant qu'un nouveau n'a pas réussi à me faire tomber dans un traquenard, on considère qu'il est encore à l'essai. C'est une tradition ici.

D'ordinaire, Daniel se laissait prendre à la troisième ou quatrième tentative, quand il était certain que le nouveau s'intégrerait dans l'équipe. Il n'avait pas envisagé une seconde que Sadie tenterait sa chance. Que cherchait-elle à prouver par là ? Qu'elle pouvait être plus maligne que lui ou qu'elle comptait rester ?

— Si je comprends bien, vous êtes l'institution qu'il faut impressionner pour se faire admettre ?

Daniel souhaitait l'impressionner, elle. Mais pas dans une combinaison avec des mains noires de cambouis.

— Sans doute, convint-il en se levant. Comme vous le constatez, même les vieux routiers se font surprendre. Ma chère fille va sauter de joie.

— Je ferais mieux de vous laisser, dans ce cas. Vous êtes trop occupé, manifestement.

— Je croyais que vous étiez débordée aussi, aujourd'hui ?

— Je vous ai menti. D'où cette visite pour me faire pardonner en vous invitant à venir dîner chez moi ce soir.

— Est-ce risqué d'accepter ?

— Pas vraiment. Je suis une championne pour décongeler les plats.

— Cela exige un certain talent, répliqua-t-il avec humour. Mais, votre amie ?

— Beth ? Elle sort ce soir.

— Elle s'appelle Beth ?

— C'est elle qui vous a répondu quand vous avez appelé à l'agence l'autre jour.

Daniel s'accorda quelques instants de réflexion. Peut-être cette amie existait-elle vraiment après tout. Curieusement, néanmoins, il ne pouvait se défaire du sentiment que Mandy lui cachait quelque chose.

Mal à l'aise, il se dirigea vers la cour.

— Excusez-moi, il faut que j'aille me laver les mains.

— Je suis aussi venue pour ma boucle d'oreille, Daniel.

Il pila net. Elle avait une façon inimitable de prononcer son nom. Tout le monde l'appelait Dan ou patron, mais Daniel, jamais.

Il fit lentement volte-face. Mandy s'adossait contre la Rolls, comme si elle était née pour circuler dans ce genre de voiture avec un chauffeur à ses ordres. Eh bien, le chauffeur en question possédait la voiture et il n'y aurait qu'une façon pour elle de monter dedans : le jour de son mariage avec lui !

Atterré par le cours que prenaient ses pensées, il déclara précipitamment :

— Elle est dans le bureau.

— Je vais la demander à la réceptionniste.

Il lui suffisait de dire oui et tout serait fini. Il en fut incapable. Pour la bonne raison qu'elle était revenue alors qu'elle le prenait toujours pour un simple chauffeur.

Pourquoi hésitait-il encore, dans ce cas ? Parce qu'il ne croyait pas aux contes de fées ? Ou parce qu'il avait la certitude qu'il ne s'agissait pas d'un flirt banal, que ce qui se passait entre eux était différent, qu'elle était différente de toutes celles qu'il avait connues ?

— Si vous pouvez attendre jusqu'à ce soir, je vous l'apporterai.

Il se fit l'effet d'un homme qui vient de sauter d'un avion en vol et qui attend avec angoisse l'ouverture du parachute, terrifié à l'idée qu'elle ne se déclenche pas.

Le sourire éblouissant dont Mandy le gratifia le récompensa largement de ses angoisses.

— Comme vous voudrez. Je vous attends vers 20 heures.

20 heures! Une éternité...

— A quelle adresse?

Comment pouvait-il s'exprimer aussi posément quand il n'était pas plus vaillant qu'une loque humaine?

Sortant un calepin de son sac, Mandy écrivit rapidement l'adresse.

— La voilà. J'ai ajouté le numéro de mon téléphone portable au cas où...

La voix de Mandy mourut dans sa gorge quand leurs regards se croisèrent. Dans un état second, Daniel s'approcha, les yeux rivés aux siens. Sa main se leva pour s'arrêter à un centimètre de son visage, mais sa bouche continuait à avancer irrésistiblement vers la sienne.

— Papa!

Daniel laissa retomber sa main comme un enfant pris en flagrant délit de chapardage. Sa fille se tenait sur le seuil, les mains sur les hanches, les yeux étincelants de colère.

— On t'attend tous, papa!

— Sadie, je te présente Mlle Fleming...

— Bonjour, Sadie, fit Mandy en tendant la main.

Sadie ne fit pas un geste.

— C'est vous qui semez vos boucles d'oreilles dans les chambres? Vous ne devriez pas, cela fait mauvaise impression. Nous t'attendons, papa!

Là-dessus, Sadie tourna les talons.

Daniel écumait. Il se retint à grand-peine de poursuivre sa fille pour lui administrer la gifle qu'elle méritait.

— Je ne viendrai pas, lâcha-t-il d'un ton cinglant. Et tu n'as pas l'âge de fréquenter les pubs. Va déjeuner, maintenant. Nous parlerons plus tard.

Sadie se retourna en le défiant du regard, puis elle s'éclipsa en marmonnant des paroles incompréhensibles.

— Je suis désolé, Mandy. La boucle d'oreille est tombée de ma poche quand je suis rentré hier et Sadie en a tiré une fausse conclusion.

— C'est un âge difficile.

— Y en a-t-il un facile ?

— Allez donc faire la paix avec votre fille, suggéra-t-elle en souriant. A ce soir !

En fin d'après-midi, Daniel fulminait toujours quand il alla trouver Sadie.

— Je rentre à la maison. Veux-tu que je te ramène ?

— Non, merci. Je dois terminer la moto avec Bob, ce soir. Maggie m'a invitée.

— Encore ? Elle va finir par se lasser. Où est passé Bob, d'ailleurs ? Je ne vois pas sa voiture.

— Il est en train de la laver.

En effet, on entendait le bruit caractéristique du jet à haute pression. Daniel prit un billet dans son portefeuille et le tendit à Sadie qui le fourra dans sa poche sans un mot.

— Arrête-toi quelque part pour acheter des fleurs ou du chocolat à Maggie. Et ne rentre pas après 23 heures. Tu as ta clé, j'espère ?

— Tu as l'intention de te coucher tôt ?

Daniel éprouvait les pires difficultés à contenir sa colère. Mais comme Sadie cherchait précisément à lui faire perdre son sang-froid, il fit un effort.

— Non, je dîne ailleurs.

— Avec les boucles d'oreilles ? Cela revient au même que se coucher tôt, non ?

— Elle s'appelle Mandy Fleming.

— Mandy? Quel prénom ridicule!

— Si tu préfères, tu peux l'appeler Mlle Fleming et lui présenter tes excuses pour ta grossièreté.

— Pourquoi? Elle va s'incruster dans le paysage?

Désarçonné par cette question abrupte, Daniel ne sut que dire. Mandy prendrait-elle une place définitive dans son existence? Bien que son corps réagisse avec enthousiasme à cette perspective, il préféra éluder le sujet.

— As-tu écrit à Mme Warburton pour t'excuser?

Sadie haussa les sourcils avec ironie, preuve qu'elle n'était pas dupe de cette manœuvre de diversion.

— Je l'ai fait hier.

— Bien.

Le bâton ayant rempli son office pour franchir le premier obstacle, il était peut-être temps de passer à la carotte.

— As-tu un casque pour la moto?

Sadie écarquilla les yeux, sidérée.

— J'ai dû en acheter un pour passer le permis.

— Dis à Bob que je lui en parlerai demain. Si tu veux la moto, bien entendu.

Daniel espérait avoir enfin ébranlé l'attitude négative de sa fille à son égard. Il se trompait. Avec cette exaspérante capacité qu'ont les adolescents à repousser la main qu'on leur tend, Sadie haussa les épaules en disant :

— Je vais y réfléchir.

— Tu es sûre que cela ne te fatiguera pas trop?

Pendant un instant, il crut qu'elle allait relever le gant. Puis, contre toute attente, elle sourit.

— Merci, papa. Bob m'avait bien dit que tu te rendrais à la raison avec le temps, conclut-elle d'un ton malicieux.

Il baissait surtout les bras devant l'inévitable. Tôt ou tard, sa fille se serait procuré une moto, alors autant s'assurer qu'il s'agissait d'un engin en bon état. Et puis s'il cédait sur ce point, Sadie se montrerait peut-être dans de meilleures dispositions lorsqu'il faudrait aborder la question du retour en pension.

— Espérons que c'est un trait de famille, lança-t-il.

Daniel était confronté à un cruel dilemme. Il ne pouvait arriver les mains vides chez Mandy. Le chocolat étant exclu d'office, il restait les fleurs. Mais quelles fleurs ? Un de ces bouquets sans âme qu'on vendait tout préparés ? Non ! Seules des roses fraîchement cueillies dans le jardin du cottage conviendraient à une femme aussi raffinée. Ou bien des anémones du Japon dont la beauté fragile évoquait ses traits délicats.

Il se figea, stupéfait. Comment avait-il pu imaginer un instant qu'il pourrait la recevoir dans son bureau à seule fin de la mettre dans l'embarras ? Un tel raisonnement prouvait qu'il se connaissait bien mal. Ou qu'il était beaucoup plus naïf qu'il ne voulait le croire.

En proie à une nervosité croissante, Amanda accumula les bévues. La béchamel brûla, si bien qu'elle dut la recommencer. Ensuite, elle brisa un verre et se cassa un ongle. Et quand la sonnette retentit, elle sursauta en lâchant la boîte de poivre en grains qu'elle venait d'ouvrir. Les petites boules noires s'éparpillèrent aussitôt dans le minuscule appartement de Beth.

Affolée, elle jeta un coup d'œil à l'horloge et poussa un soupir de soulagement. 19 h 50. Personne n'arrivait avec dix minutes d'avance à un rendez-vous. Il s'agissait probablement de Beth qui venait s'assurer qu'elle n'avait pas pris la fuite juste avant l'heure fatidique.

Son amie choisissait bien mal son moment. Il ne lui restait que dix minutes pour ramasser le poivre, se coiffer et se mettre du rouge à lèvres. Heureusement qu'elle s'était changée de bonne heure. Et, cette fois, elle avait veillé à choisir une tenue très neutre. Un pantalon gris à la coupe ample et un chemisier blanc ne devaient pas susciter beaucoup de fantasmes chez un homme.

La sonnette résonna de nouveau. Tout compte fait, Beth tombait à pic. Elle réparerait les dégâts pendant qu'elle irait se coiffer. Otant ses mocassins pour ne pas écraser le poivre, elle ouvrit la porte et blêmit en se retrouvant nez à nez avec Daniel.

Un Daniel magnifique, vêtu d'une chemise de flanelle sombre et d'un pantalon clair, une veste négligemment jetée sur l'épaule et deux bouteilles de vin dans les mains.

Un Daniel avec dix minutes d'avance !

Incapable d'articuler un mot, elle s'effaça pour le laisser entrer.

— Excusez-moi, déclara-t-il d'un air confus. Je suis en avance.

Les joues écarlates de Mandy évoquaient des pommes d'api. Ses yeux brillaient étrangement et ses cheveux coiffés à la diable donnaient l'impression d'un champ de bataille. Mais ce furent ses lèvres qui attirèrent son regard. Des lèvres roses, gourmandes, étonnées. Il s'en fallut d'un cheveu qu'il reprenne là où Sadie les avait interrompus dans le garage.

— Aucune importance, fit-elle en refermant la porte.

D'une main tremblante, elle tenta de remettre un peu d'ordre dans sa chevelure tout en reculant vers la cuisine.

Daniel déposa les bouteilles sur une table. Quelque chose crissa sous ses pieds. Ce fut à peine s'il s'en aperçut. Tout son être était tendu vers cette femme fascinante qui l'obsédait depuis leur rencontre.

— Je n'ai pas pu attendre, chuchota-t-il d'une voix étranglée. Ça a été plus fort que moi.

Ces mots résonnèrent aux oreilles d'Amanda comme une formule magique. Un vertige délicieux s'empara d'elle. Le même sans doute que celui qu'avait ressenti la Belle au bois dormant quand le prince l'avait réveillée d'un baiser...

Oubliant ses cheveux en désordre, l'absence de rouge à lèvres et son visage en feu, elle fit ce qu'elle rêvait de faire depuis sa première rencontre avec Daniel. Elle se haussa sur la pointe des pieds, saisit doucement son visage entre ses mains et posa ses lèvres sur les siennes.

6.

En proie à une douce euphorie, Daniel s'abandonna à la caresse des lèvres qui effleuraient les siennes, presque timidement, par petites touches légères, hésitantes.

Il n'avait pas eu l'intention d'arriver en avance. En se garant, il avait même décidé d'attendre sagement un quart d'heure dans sa voiture.

Pendant à peu près deux minutes, il était parvenu à se concentrer sur le meilleur moyen de convaincre Sadie de poursuivre ses études. Puis, son esprit s'était mis à vagabonder. La fébrilité, l'impatience s'étaient emparées de lui. C'étaient elles qui l'avaient poussé à sortir de la voiture, à descendre la rue, le cœur battant, vers la femme mystérieuse qui habitait un peu plus bas.

Une femme dont chaque entrevue lui révélait une nouvelle facette. Il y avait la vamp éblouissante dont l'humeur badine l'avait séduit lors de leur première rencontre ; la timide qu'il était venue chercher dans la Jaguar et qu'un coup de téléphone avait métamorphosée en secrétaire zélée aux petits soins pour un sex-symbol international ; l'indécise qui avait fait irruption au garage aujourd'hui ou encore la biche apeurée de la veille.

Daniel s'attendait donc à tout, sauf à ce baiser qui avouait tant de choses — l'attente, le manque, le désir — sans rien exiger. Un baiser pur, absolu, l'offrande d'un cœur chaste.

Ses mains posées sur les bras de Mandy la touchaient à peine. Quelques traces de farine sur ses joues lui prêtaient une apparence vulnérable qui accrut encore l'envie qu'il avait d'elle. Aveuglé par le désir, il faillit perdre toute maîtrise et la prendre là, tout de suite, comme un sauvage.

Un reste de bon sens le sauva de lui-même. Et lorsqu'elle s'écarta en levant vers lui ses immenses yeux gris lumineux, il sourit béatement.

— On ne m'a pas embrassé comme ça depuis mes seize ans, chuchota-t-il d'une voix qu'il ne reconnut pas.

— Est-ce bon ou mauvais signe ?

Elle avait posé la question d'un air grave, comme s'il s'agissait d'un débat de la plus haute importance.

— Bon et mauvais à la fois...

— Mauvais dans quel sens ?

Ne sachant quoi répondre, il lui encadra le visage de ses paumes en inclinant lentement la tête.

— Comme ça.

Il s'arrêta à deux millimètres de sa bouche, deux millimètres du paradis, juste pour savourer le petit froncement de sourcils étonné qui apparut sur son front. Elle ne bougeait pas, respirait à peine. Seule une petite veine qui tressaillait sur sa tempe trahissait son trouble. Puis une lueur de compréhension envahit son regard, un sourire délicieux se dessina sur ses lèvres. Il n'eut pas besoin d'autre encouragement.

Un son exquis monta de la gorge de Mandy quand il prit possession de sa bouche. Un soupir impatient qui le rendit presque fou. Mais il ne voulait rien précipiter. Rien ne pressait, ils avaient tout le temps...

Il sema des baisers sur ses pommettes, ses tempes, ses paupières, délicatement, doucement, comme s'il craignait de la briser.

— C'est bon ?

— Divin.

— Divin à quel point ?

— Vous le savez très bien.

Le corps de Mandy ployait vers le sien, abandonné, consentant. Elle lui enlaça la nuque en un geste voluptueux qui déchaîna en lui une fureur possessive qu'il ne se connaissait pas.

Soudain, il se raidit, effrayé par sa propre violence. Il ne voulait pas l'aimer comme ça. Pas dans l'urgence. Tout allait trop vite...

— Sortons d'ici.

— Pardon ?

A en juger par sa mine ahurie, Mandy ne comprenait pas. Lui non plus, d'ailleurs.

— Où est votre veste ?

— Là.

Il l'aida à l'enfiler.

— Et le dîner ?

— Eteignez le four.

Elle le contempla comme s'il était subitement devenu fou. Sans perdre une seconde, il tourna la manette.

— Mais... mon soufflé !

Pour toute réponse, Daniel l'entraîna vers l'entrée. Mandy eut tout juste le temps de saisir son sac au vol.

— Je me suis donné du mal ! protesta-t-elle.

D'un geste tendre, il essuya une trace de farine sur sa joue.

— Je sais.

— C'est du gâchis !

— Que nous restions ou que nous partions, nous ne le mangerons pas, vous le savez aussi bien que moi.

Amanda souhaitait rester. La veille, elle avait eu peur de perdre le contrôle des événements. Aujourd'hui, elle cédait devant la force de l'évidence. De toute façon, elle ne maîtrisait plus rien depuis qu'il avait failli l'embrasser dans le garage.

Elle se sentait légère, la tête pleine d'étincelles, grisée.

Etait-ce l'attente ? L'amour ? Elle l'ignorait, faute d'expérience, mais elle n'avait jamais rien ressenti de semblable. Cela étant, son hôte semblait savoir ce qu'il faisait, alors pourquoi ne pas lui faire confiance ?

Daniel s'attendait à un refus catégorique. Contre toute attente, Mandy le suivit dans la rue sans un mot. La main serrée autour de la sienne, il l'entraîna d'un pas vif sur le trottoir.

— Où allons-nous ?

— Nulle part.

Il ralentit l'allure en inspirant à pleins poumons. Il avait juste besoin d'air frais pour reprendre ses esprits, apaiser son corps en feu.

— Si nous étions restés dans cet appartement, je ne répondais plus de moi, expliqua-t-il. Je crois que j'en suis au même stade que vous dans le taxi hier soir. Il est trop tôt encore.

Mandy acquiesça en silence.

— Parlez-moi de vous, enjoignit-il d'une voix tendue.

— J'aurais pu le faire pendant le dîner.

— A condition de dîner.

Le sourire qu'elle lui adressa lui donna le vertige.

— Que voulez-vous savoir ?

— Tout. Vous êtes secrétaire, vous aimez le théâtre, les comédies musicales, la danse et vous êtes allergique aux odeurs de peinture. A part ça, j'ignore tout de vous. Le plus simple serait de commencer par le début, non ?

— Cela risque de prendre toute la nuit.

— Nous avons jusqu'à 23 heures.

— Vous avez un couvre-feu ?

— Pas moi, Sadie. Je dois m'assurer qu'elle respecte les horaires que je lui fixe. La paternité est un enfer, croyez-moi.

Amanda se mit à rire.

— Allons donc ! Je parie que vous feriez n'importe quoi pour elle.

— Assez parlé de Sadie. C'est vous qui m'intéressez pour le moment.

— Eh bien, je vais bientôt fêter mes trente ans.

— Cela vous ennuie ?

— Non, pourquoi ?

— La trentaine marque une étape. Pour les hommes, cela représente la maturité, pour les femmes, la fin de l'extrême jeunesse, je suppose. J'en connais plusieurs qui n'admettront jamais avoir plus de vingt-neuf ans.

Vickie, notamment. Et comme Sadie était la preuve vivante qu'elle avait dépassé ce stade, elle l'évitait comme la peste.

— A mes yeux, c'est surtout l'occasion de faire un premier bilan, de songer à tout ce que je désire accomplir et qui est encore au stade du rêve.

— Vous avez largement le temps, non ?

— Cela dépend pour quoi.

Daniel devina qu'il venait de mettre le doigt sur un point sensible. Mais Amanda poursuivit sans s'appesantir sur le sujet.

— Je suis née dans le Berkshire. Comme mon père était diplomate, il effectuait de longs séjours à l'étranger, si bien que mon frère et moi sommes allés en pension très jeunes. Après mon bac, j'ai renoncé à entrer à l'université pour suivre une formation de secrétaire afin d'aider mon père à finir de rédiger ses mémoires. Il était très malade et tenait à les terminer avant de mourir.

— Cela a dû être très pénible, non ?

— A la fois pénible et merveilleux, parce que nous avons vraiment pu profiter l'un de l'autre. C'était quelqu'un d'extraordinaire qui a abordé la mort avec beaucoup de sérénité.

— Vous auriez pu entrer à l'université ensuite. Vous le pouvez toujours d'ailleurs. Beaucoup de personnes passent une licence assez tard, de nos jours.

— J'aime mon métier. Aussi, je n'en vois pas la nécessité.

— Vous reste-t-il de la famille ?

— Dieu merci, oui. Ma mère se consacre à des œuvres caritatives et mon frère aîné est économiste. Sa femme attend leur premier enfant pour le mois de janvier.

— C'est tout ?

— Oui. Je n'ai jamais été mariée et je n'ai jamais vécu avec quelqu'un.

Parce qu'elle n'avait jamais rencontré d'homme qui lui en donne l'envie. Jusqu'à maintenant... Quant à déterminer si cela tombait bien ou mal...

Un soupir lui échappa. Pourquoi les relations humaines étaient-elles si complexes ? En un sens, elle aurait préféré qu'ils cèdent à leur désir, tout à l'heure. La situation aurait été plus simple. Par ses questions, Daniel introduisait un rapport infiniment plus personnel. Et cela compliquait tout.

— Où habitez-vous ?

La voix de Daniel la fit tressaillir.

— C'est votre tour, maintenant ! répliqua-t-elle en esquivant adroitement la question.

Cette fois, Daniel eut la certitude qu'elle lui cachait quelque chose. Mais pouvait-il lui en vouloir ? Lui non plus ne disait pas tout.

— Eh bien, je suis né il y a trente-huit ans dans l'East End. Mon père était une brute despotique qui a rendu ma mère si malheureuse qu'elle s'est suicidée deux jours après mon dixième anniversaire.

— Mon Dieu...

— Le choc a été rude, mais je m'en suis remis. J'ai arrêté mes études à quinze ans. Je gagnais ma vie en travaillant sur les marchés ou les docks, ce qui me laissait peu de temps pour m'instruire. J'aurais pu très mal tourner, comme la plupart de mes fréquentations, mais mon goût pour la mécanique m'a sauvé du pire.

Amanda le dévisagea attentivement. Elle imagina un adolescent privé de mère, en butte aux brutalités d'un

monde impitoyable, luttant pour s'en sortir. Que de souf-
frances il avait dû garder pour lui ! Et quelle volonté !

— Je comprends mieux pourquoi vous tenez à ce que
Sadie ne gâche pas ses chances.

— D'autant qu'elle en a les moyens. Son échec à ses
examens aurait dû me mettre la puce à l'oreille.

— Vous pensez que c'était délibéré ?

— Elle avait brillamment réussi les examens blancs.
Juste après, sa mère a eu un bébé. Depuis, elle est impossible. J'espérais qu'une semaine de dur labeur lui remet-
trait les idées en place, mais je n'en suis plus si sûr. Elle
s'épanouit chaque jour davantage depuis qu'elle travaille
au garage.

Amanda éclata de rire.

— Il n'y a pas de quoi s'en étonner. Passer ses journées au milieu de chauffeurs ou de mécaniciens musclés
ne doit pas lui donner envie de retourner en classe.

— Vous oubliez que je suis là. Personne n'oserait la
toucher ou lui manquer de respect.

— Sauf si c'est Sadie qui les provoque. Qui sait ce qui
peut traverser l'esprit d'une adolescente rebelle ? Capitol
Cars ne renverrait sûrement pas un employé sous prétexte
qu'il a batifolé avec une fille en âge de dire « oui », de
peur de se retrouver devant le tribunal pour licenciement
abusif.

Un silence pensif accueillit cette déclaration.

— Où est votre fille, ce soir ? reprit Amanda.

— Chez Bob et Maggie. Elle finit de réparer la moto.
Je ne me fais pas de souci. Elle est en sécurité chez eux.

Ce qui était loin d'être son cas, hélas. Malgré la fraîcheur de la nuit, la proximité de Mandy, sa voix, ses sou-
rires ne faisaient qu'accroître ses tourments.

— Vous avez faim ? s'enquit-il d'un ton abrupt.

— Très, mais je pense que le soufflé n'a pas survécu.

— De toute façon, nous ne pouvons pas retourner à
l'appartement.

— Pourquoi pas ? Si vous voulez, je peux préparer un sandwich. Je commence à avoir froid.

Pas lui ! Et il mettrait sa main au feu que ce n'était pas le froid qui la faisait frissonner.

Cependant, la tentation d'accepter fut presque irrésistible. Dans un effort surhumain, il désigna un bar à vin.

— Si nous dînions là ?

— Vous me croyez incapable de cuisiner, avouez-le !

Daniel lui effleura le front d'un baiser.

— Vous savez exactement ce qui me trotte dans la tête. Voilà pourquoi nous irons dans ce bar.

Quelques minutes plus tard, ils s'installaient à une table. Laissant Daniel choisir le menu et le vin, Amanda s'abandonna au plaisir de le dévorer des yeux.

Elle mourait d'envie de caresser ce visage volontaire, de laisser courir ses doigts sur ces traits hardis, de s'attarder sur le petit creux qui lui marquait le coin de la bouche — une ancienne fossette, peut-être... Sa main la démangeait de discipliner la mèche rebelle aux tons fauves qui lui retombait sur le front.

— Que se passe-t-il ? interrogea Daniel. Il m'est poussé un deuxième nez ?

Les joues rouges de confusion, Amanda but une gorgée de vin pour se donner contenance.

— Pourquoi vous êtes-vous séparé de votre femme ? demanda-t-elle tout à trac.

Daniel réfléchit. Tout cela lui semblait si lointain...

— Je n'étais sans doute pas le mari dont elle rêvait.

— Pourquoi vous a-t-elle laissé la garde de Sadie ?

— Elle n'est pas très maternelle.

Juste manipulatrice...

— Entre les nuits sans sommeil qui suivent la naissance et les couches à changer, sa vocation maternelle n'a pas duré longtemps.

— Pourtant, elle vient d'avoir un autre enfant, non ?

— L'histoire a une fâcheuse tendance à se répéter. Le

dernier amant de Vickie est beaucoup plus âgé qu'elle, immensément riche et sans descendance. Elle doit s'imaginer qu'un héritier est le meilleur moyen de se l'attacher de façon permanente, d'autant qu'elle a une nurse pour la libérer des tâches matérielles.

— Ce doit être très dur pour Sadie.

— Certes, mais ce n'est pas une raison pour gâcher son avenir.

— Elle cherche à blesser sa mère, c'est évident.

— Vickie ? Elle ne le saura même pas.

Sauf si Sadie décidait de le lui faire savoir. Il y avait toujours des moyens, surtout quand on se moquait des conséquences à long terme.

Une serveuse déposa devant eux un appétissant plat d'aubergines farcies. Amanda attendit qu'elle s'éloigne pour continuer :

— Que veut faire Sadie plus tard ?

— Si seulement je le savais ! Vous qui êtes une femme et qui avez eu seize ans, vous êtes sans doute plus renseignée que moi sur le sujet !

La mine pensive, Amanda entama son aubergine. Sa situation à seize ans n'avait rien de comparable à celle de Sadie. Elle appartenait à une famille très soudée. Son père l'adorait, sa mère se souvenait suffisamment de sa jeunesse pour la mettre en garde contre certains dangers sans se montrer pesante, et elle s'entendait à merveille avec son frère Max. Cela, aucune fortune ne pouvait l'offrir à Sadie.

— Je suis incapable de vous répondre, Daniel. Tout ce que je peux vous conseiller, c'est de lui montrer que vous l'aimez. Et ne vous inquiétez pas : à vingt-trois ans, le pire sera passé.

Un sourire plein d'humour détendit les traits de Daniel.

— J'ai l'impression que je viens d'entendre une condamnation à vie.

— C'est le cas ! Après, vous recommencerez avec la

génération suivante avec un peu moins de responsabilités tout de même.

— Vous savez remonter le moral comme personne ! Je suis bien trop jeune pour songer à devenir grand-père.

— Avec une fille de seize ans ?

— Sadie a les pieds sur terre.

Sans rien dire, Amanda picora dans son assiette. Son silence alarma Daniel.

— Elle ne ferait jamais une chose pareille ! insista-t-il.

— Vous croyez ?

— Vous pensez sérieusement qu'elle pourrait faire exprès de tomber enceinte ?

— Etant donné son état d'esprit, elle ne pourrait trouver mieux. Vous vous trouvez trop jeune pour être grand-père, alors imaginez la tête de votre ex-femme en apprenant qu'elle va devenir grand-mère ?

Le visage de Daniel se décomposa.

— Ce serait stupide, enfin ! Sa vie serait ruinée.

— Ruinée peut-être pas, mais sérieusement perturbée, oui. Et la vôtre aussi. Vous êtes certain qu'elle s'occupe de la moto, ce soir ?

— Oui... Du moins, je l'espère.

Daniel blêmit en songeant à sa dernière entrevue avec Sadie. Il n'avait pas vu Bob. N'importe qui aurait pu être en train de laver une voiture. Ned Gresham, par exemple. D'ailleurs, il était resté plus tard au garage, ces derniers temps. Or, il n'était pas homme à traîner une fois sa journée de travail terminée.

— Excusez-moi, fit-il à la hâte. Je vais m'en assurer.

Une moue ironique aux lèvres, Amanda le suivit des yeux. Elle avait le chic pour gâcher les soirées, décidément !

En revenant, Daniel arborait un petit sourire satisfait.

— Sadie est partie essayer la moto.

— Seule ?

— Avec Bob.

— Je suis désolée de vous avoir inquiété inutilement. Mon imagination a tendance à déborder.

Daniel posa une main sur la sienne.

— Vous auriez pu avoir raison. Pendant une minute, j'y ai cru moi-même.

Mais à présent qu'il était rassuré, il sentit son désir renaître de plus belle.

Il contempla les assiettes auxquelles ils avaient à peine touché d'un air sceptique.

— Vous voulez finir ?

Amanda secoua la tête.

— Alors, allons-y, dit-il en posant plusieurs billets sur la table.

— Où ça ?

— Moi aussi, j'ai une imagination débordante. En ce moment, elle fonctionne à plein régime.

— Sortir avec vous vaut tous les régimes du monde.

— Faites-moi breveter.

— Sûrement pas ! Je préfère vous garder pour moi !

Sur le trottoir, Daniel héla un taxi qui s'arrêta aussitôt. Une fois à l'intérieur, il serra la main d'Amanda dans la sienne, comme s'il craignait qu'elle ne prenne la fuite.

— Vous me raccompagnez cette fois ? s'enquit-elle avec une pointe de malice.

— Je m'efforce de ne jamais commettre la même erreur deux fois de suite.

Devant l'appartement, Daniel s'empara d'autorité de la clé qu'Amanda tenait en main. Mais une fois la porte ouverte, il s'immobilisa sans rien dire en la dévorant d'un regard brûlant.

Amanda demeura perplexe. Qu'attendait-il au juste ? Une invitation ? Il avait sûrement compris qu'elle ne reculerait pas, cette fois. A moins qu'il ne veuille lui laisser une porte de sortie...

— Voulez-vous une tasse de café ? s'entendit-elle proposer.

— Non, merci.

— Une liqueur ?

— Je conduis.

Amanda pesta intérieurement. Le diable d'homme ! Il ne lui facilitait pas la tâche.

— J'ai une...

Avant qu'elle eût le temps d'achever sa phrase, Daniel la poussa à l'intérieur en la plaquant contre le mur. Sa bouche s'empara de la sienne dans un élan sauvage. Il n'y avait rien de doux ou de délicat dans ce baiser qu'une passion ardente, dévastatrice, avait initié.

Cramponnée à ses épaules, Amanda eut l'impression de découvrir l'abri sûr dont elle rêvait sans le savoir depuis longtemps. Elle n'offrit aucune résistance lorsque la bouche de Daniel se mêla encore plus intimement à la sienne. Au contraire. Elle le mordit doucement, inventant spontanément un jeu sensuel auquel il se prêta de bonne grâce. Le souffle de Daniel s'accéléra tandis que ses mains allaient et venaient dans son dos avec une sorte de fureur possessive. Une joie profonde, presque sereine, gonflait le cœur d'Amanda. Tout son être se tendait vers Daniel, se pénétrait de sa chaleur, de son odeur, des muscles déliés qu'elle sentait rouler sous ses doigts. Leur étreinte n'avait rien à voir avec son désir d'enfant. Elle voulait Daniel pour lui-même, pour elle-même...

— Dites-le ! lui enjoignit-il d'une voix pressante. Que voulez-vous ?

— Vous ! C'est vous que je veux.

Pour toute réponse, il referma la porte d'entrée d'un coup de pied et la souleva dans ses bras.

— Je te réveille ?

Amanda s'étira langoureusement sous la couette. Une délicieuse allégresse la submergeait, une sensation de bien-être exquise et totalement nouvelle. La voix de

Daniel résonnait à ses oreilles comme une musique céleste. Seule ombre au tableau : son absence. Il n'avait pas pu rester à cause de Sadie, même si l'heure du couvre-feu était dépassée depuis longtemps quand il s'était résolu à la quitter.

Elle aurait tellement aimé qu'il la réveille d'un baiser !

Calant le téléphone au creux de son cou, elle se blottit contre un oreiller en chuchotant :

— Merci.

— Pour le réveil en fanfare ?

— Entre autres...

Ses vêtements épars jonchaient le sol, témoins de leur course éperdue vers le lit.

— Que fais-tu ? demanda-t-elle.

— J'essaie de me raisonner pour aller travailler. Mais je regrette surtout de ne pas être avec toi.

— Dans ce cas, viens ici. Tu n'as jamais pris ce café, tout compte fait.

— J'avais mieux à faire. Ce soir, peut-être ?

Amanda fit la grimace.

— Désolée, je travaille.

— Pas pour Guy Dymoke, j'espère ?

Cette manifestation de jalousie la fit rosir de plaisir.

— Cela t'ennuierait ?

— J'insisterais pour t'accompagner.

— Il s'agit d'une réunion d'information à mon ancienne école de secrétariat. Demain, peut-être ?

— Impossible. J'ai décidé de consacrer mon week-end à Sadie afin d'essayer de la ramener à la raison. Lundi ?

— Aucun problème.

— Parfait. Il faut que nous parlions. Je t'appellerai lundi matin pour fixer un rendez-vous.

Vêtue d'une combinaison de motard, un casque sous le bras, Sadie s'apprêtait à partir quand Daniel fit son entrée dans la cuisine.

— Tu te lèves bien tard, dis-moi ! Cela ne sert à rien d'instituer un couvre-feu si tu n'es pas là pour vérifier que je rentre à l'heure.

— Je te fais confiance.

— Grave erreur ! Tu faisais confiance à maman et regarde où cela t'a mené.

La mine sombre, Daniel glissa deux tranches de pain dans le toaster.

— J'ai vu la moto dans le garage. Tu feras sensation à la pension sur ton bolide.

— Je vois mal la mère Warburton autoriser les motos à Dower House. Ce n'est ni assez féminin ni assez distingué. Dommage que je n'aie pas l'âge de conduire une voiture. J'ai l'impression que, ce matin, tu serais prêt à m'accorder la Mini Cooper de mes rêves, histoire de te faire pardonner tes frasques. A ce sujet, tu te souviens que c'est mon anniversaire dans deux mois, j'espère ?

— Repasse tes examens et nous verrons.

— Tant pis ! Je me contenterai de la moto.

— Tu changeras d'avis quand l'hiver sera là.

Après une courte hésitation, Daniel ajouta :

— J'avais envie d'aller au cottage, ce week-end. Cela te tente ?

— Si je refuse, tu emmèneras miss Boucles d'Oreilles, alors j'aime autant t'accompagner. De toute façon, comme tu m'interdis toute activité un tant soit peu excitante, tu m'as sur les bras. C'est ton rôle de père, que tu le veuilles ou non.

Daniel ne fut pas dupe de la bravade. Il avait eu le temps de voir la joie qui brillait dans les yeux de sa fille avant qu'elle ne mette son casque.

— Excuse-moi, reprit-elle. Il faut que je file. Mon patron est un véritable esclavagiste. Si je suis en retard d'une minute, il menace de m'envoyer à l'agence pour l'emploi. *Ciao !*

7.

Beth considéra Amanda d'un air goguenard quand celle-ci pénétra dans le bureau.

— Quelle mine, ma chère! Et ce sourire radieux! Il donnerait des complexes au plus heureux des hommes.

Amanda n'avait pas conscience de sourire. Elle s'efforça de prendre un air grave, mais rien n'y fit. C'était plus fort qu'elle. De toute façon, à quoi bon cacher son bonheur?

— Peux-tu demander à Jane de préparer du thé, s'il te plaît?

— Du thé?

— De l'Earl Grey de préférence.

— Tu me chasses, alors que je meurs d'envie d'entendre ton récit?

— Ensuite, j'aimerais que nous examinions ensemble le contrat d'association avant le rendez-vous avec le notaire cet après-midi.

Ignorant ces deux requêtes, Beth s'assit en face d'elle d'un air déterminé.

— Raconte.

Amanda poussa un soupir.

— Quoi donc?

— Ah, non, pas à moi! Ton air béat me rend jalouse. Tu as l'air de flotter sur un petit nuage. J'imagine que le bébé est en bonne voie.

— As-tu jamais entendu parler de conclusions hâtives ?

— Pourquoi ? Il a pris ses précautions ?

Amanda se garda de répondre. Ce genre de détail ne regardait pas son amie, même si, comme toujours, elle avait deviné la vérité.

— Je m'en doutais, déclara Beth. Te voilà dans de beaux draps.

— Il ne s'agit pas d'une course contre la montre. Nous avons tout le temps.

— Mieux vaut battre le fer pendant qu'il est chaud, ma chère.

Amanda leva les yeux au ciel.

— Ce qui signifie ?

— Si Daniel Redford n'est pas sérieux, tu risques de te retrouver à la case départ. Sans enfant et sans homme.

— Tu deviens cynique, Beth.

— Pas cynique, réaliste. J'ai plus d'expérience que toi dans ce domaine, je te signale.

Amanda sentit son sourire vaciller.

— Que me suggères-tu ?

— De reprendre ton projet initial en allant droit à la clinique.

Avant de tomber amoureuse, Amanda aurait été tentée de suivre le conseil de Beth. Depuis, l'eau avait coulé sous les ponts...

— Il n'en est pas question.

— Bon, oublions la clinique. Mais il doit bien y avoir un moyen.

— Sans aucun doute. Si nous nous mettions au travail, à présent ?

Le visage de Beth s'illumina soudain.

— J'ai trouvé ! Il suffit de le violer.

— Beth ! Je commence à regretter de t'avoir engagée comme associée.

— Tu as tort. Mon imagination te rendra de fiers services.

— Tout ce que je lui demande pour l'instant, c'est de me trouver une secrétaire pour Guy Dymoke. Une qui ne perde pas ses moyens dès qu'il pose les yeux sur elle, bien entendu.

— Je lui ai envoyé Jenna King. Dis-moi, Amanda?

— Oui?

— J'aimerais savoir si je pourrais dormir chez moi, ce soir. Parce que si je dois encore passer une nuit chez Mike, je fais venir d'abord une entreprise de nettoyage.

— Rassure-toi, ce soir je participe à la réunion annuelle de mon école de secrétariat et comme Daniel se consacre à sa fille pendant le week-end, nous ne pourrons pas nous voir avant lundi. De toute façon, je n'aurai plus besoin de ton appartement.

— Tu vas lui dire la vérité?

— Oui.

Daniel avait pris une place trop importante dans son existence pour qu'elle continue à lui mentir.

Etonnée du silence de Beth, elle l'interrogea du regard.

— Alors? Tu ne me mets pas en garde contre lui?

— Non, tu as raison. Il a le droit de savoir.

Le téléphone portable d'Amanda sonna avant qu'elle pût questionner Beth sur ce revirement. Celle-ci quitta la pièce en lui adressant un petit salut.

— Mandy?

Le cœur d'Amanda fit un bond en reconnaissant la voix grave de Daniel.

— Je n'ai pas très envie d'attendre jusqu'à lundi, déclara-t-il. Si nous déjeunions ensemble aujourd'hui?

— Et ton travail?

— Le patron me permet de déjeuner, malgré tout. J'espère qu'il en va de même avec ta vieille bique.

— Tout dépend de ce que tu entends par déjeuner.

Un bruit étrange se fit entendre à l'autre bout du fil, comme un téléphone qu'on rattrape de justesse.

— Daniel? Tu n'es pas au volant, j'espère?

— Non...

— Que préfères-tu pour le déjeuner ? Des sandwichs dans Hyde Park, une pizza à Pimlico ou des brochettes à Regent's Park ?

— Hyde Park. On se retrouve devant le portail sud à 13 heures ?

— Parfait. J'apporterai les sandwichs. Tu as des envies précises ?

Un rire plein de sous-entendus lui répondit. Le visage écarlate, Amanda coupa la communication précipitamment.

Amanda arriva avec seulement deux minutes de retard. Sans perdre une seconde, Daniel lui prit la main pour l'entraîner en direction du lac.

Intriguée par ce comportement plutôt brusque, Amanda l'interrogea du regard.

— Tu as eu des ennuis avec Sadie ?

— Des ennuis ?

— Pour avoir manqué le couvre-feu. D'après ce que tu m'as dit de ta fille, elle n'a pas dû laisser passer l'occasion de te faire remarquer ton retard.

— Elle ne s'en est pas privée, en effet. Pourvu qu'elle accepte de retourner en classe la semaine prochaine et que tout rentre dans l'ordre !

— Tu crois vraiment qu'elle ira ?

— Je l'espère.

Repérant un banc libre, il s'assit à côté d'Amanda et ouvrit le sac.

— Des sushis ?

— Tu n'aimes pas ça ?

— Si.

Daniel se pencha vers elle. Son sourire était encore plus de guingois que d'habitude. Amanda se sentit faiblir dangereusement.

— Il y a aussi des sandwichs au fromage et un œuf farci, chuchota-t-elle d'une voix étranglée.

— Seulement un?

— Nous pouvons partager. Toi l'œuf et moi le...

Daniel étouffa la fin de la phrase sous un baiser passionné. Puis il s'écarta brusquement.

— Quelle torture! Si je m'écoutais, j'arracherais ta robe et je te ferais l'amour sur ce banc.

— Cela effraierait les canards.

— Tu ne peux pas prendre ton après-midi?

Un frisson tentateur parcourut Amanda. Mais il y avait le rendez-vous avec le notaire, puis un autre avec le décorateur chargé de refaire les nouveaux bureaux.

— Ce serait difficile. Et toi?

Daniel envisagea un instant d'annuler une réunion susceptible de lui apporter un énorme contrat. Puis il secoua la tête avec résignation.

— Et demain?

— Je croyais que tu passais le week-end avec Sadie?

— Elle doit laver des voitures jusqu'à 17 heures. Je tiens à ce qu'elle sente chaque muscle de son corps quand je lui soulignerai les avantages d'un retour en classe.

— La pauvre! Je la plains.

— C'est gentil, mais rien ne t'y oblige. Et puisqu'elle travaille demain, je suis libre. Nous pourrions passer la journée ensemble.

— Une journée entière? C'est possible?

Une telle joie illumina le visage d'Amanda que Daniel fut sur le point de lui révéler son identité à cet instant. La crainte qu'elle lui reproche son manque de confiance l'en empêcha. Demain, au cottage, il aurait tout le temps de s'expliquer.

— Je passerai te prendre à l'appartement à 10 heures.

— Viens plutôt à l'agence. J'ai du travail à rattraper.

— Chez Garland?

Amanda faillit tout lui révéler. La peur qu'il se vexe et

qu'il la repousse la retint. Elle lui dirait demain. Si elle choisissait bien son moment, il comprendrait.

— Où irons-nous ?

— Dans un cottage qu'on me prête de temps en temps. C'est un véritable havre de paix, tu verras.

— Je ne serai pas au garage, demain, Sadie.

Le nez plongé dans un magazine, Sadie riposta d'un ton traînant :

— Et alors ? Je n'ai pas besoin de toi pour me tenir la main. Ce ne sont pas les candidats qui manquent pour te remplacer. J'ai même l'embarras du choix, dit-elle en ajustant le casque de son balladeur sur ses oreilles.

Daniel lui immobilisa le poignet avant qu'elle le mette en marche.

— En espérant qu'ils se contentent de la main.

Sadie leva la tête pour le regarder droit dans les yeux.

— En clair, tu as le droit de prendre du bon temps avec miss Boucles d'Oreilles pendant que je révise mes maths à la maison, c'est ça ?

— Tu as fait des choix, Sadie. A toi d'en assumer les conséquences. Et notamment celles qui découlent de ton comportement à l'égard de Ned Gresham.

Sadie rougit sous son fond de teint.

— Ned est adorable.

— Les hommes de vingt-neuf ans, même « adorables », s'intéressent rarement aux lycéennes sinon pour une passade.

— Je n'en suis plus une, puisque j'arrête mes études.

— Là n'est pas la question. Il est trop vieux pour toi. Par ailleurs, il ne serait pas le premier à mesurer les avantages qu'il peut obtenir à engrossant la fille du patron. C'est un scénario classique.

Daniel employait à dessein des mots crus afin de dissiper toute illusion romantique chez sa fille.

106

— Il n'y a pas que les hommes qui savent manipuler leur entourage, répliqua-t-elle. C'est bien en tombant enceinte que maman t'a forcé à l'épouser, non ? J'imagine qu'elle doit être aux abois pour en revenir aux manœuvres de ses débuts.

— Sadie...

— Tout bien considéré, elle t'a fait une grande faveur en te quittant. Mais tu devrais faire attention à ne pas te laisser piéger une deuxième fois, d'autant que ta Mandy Fleming m'a tout l'air d'une poule de luxe.

— Pas tant que ça puisqu'elle m'a offert le déjeuner.

Sadie le dévisagea d'un regard perçant.

— Vous avez déjeuné ensemble ! Elle doit être vraiment sérieuse, alors.

Sa voix se brisa sur ces derniers mots. Les yeux pleins de larmes, elle arracha son casque et se campa devant lui, les mains sur les hanches.

— Elle va tomber enceinte, elle aussi, puisque cela suffit à te mettre le grappin dessus. Remarque, peut-être que mon demi-frère t'a donné des idées et que tu as envie d'un enfant, toi aussi. Tu as besoin d'un héritier pour reprendre le flambeau après toi. Je parie que tu ne lui casseras pas autant les pieds s'il rate ses examens, lui ! Il a un emploi tout trouvé !

L'air bouleversé, elle s'enfuit vers la porte, mais se retourna avant de la franchir.

— Je devrais peut-être essayer la technique de ma mère avec Ned. Tu sais ce qu'on dit : telle mère, telle fille !

Daniel essayait encore de comprendre comment la situation avait dérapé quand la porte de la chambre de Sadie claqua à l'étage.

Amanda participait chaque année à la soirée consacrée à la nouvelle promotion de son ancienne école de secrétariat. Au beau milieu de son intervention, un fourmillement particulier la parcourut. Une intuition fulgurante lui souffla que Daniel pensait à elle à cet instant précis. Troublée, elle perdit le fil, balbutia des paroles incompréhensibles puis se ressaisit.

Dès qu'elle put s'échapper, elle alla s'enfermer à triple tour dans les toilettes pour l'appeler sur son portable.

— Daniel ?

— Mandy ! C'est incroyable. J'avais justement envie de te parler.

— Je sais.

— Comment ça ?

— Euh... disons que j'avais envie que tu aies envie de me parler. Un problème ?

— La routine... Je viens de me disputer avec Sadie.

— Tu veux annuler notre journée demain ?

— Pour rien au monde ! Cette journée sera mon rayon de soleil dans un week-end qui s'annonce plutôt orageux.

— 10 heures, alors ?

— Je compte déjà les minutes.

Lui pardonnerait-elle ce cliché ? se demanda Daniel en raccrochant. Pourquoi pas ? Les clichés énonçaient peut-être des évidences, mais ils contenaient toujours une part de vérité.

Après le départ de Sadie, une musique assourdissante l'avait empêché d'aller la retrouver dans sa chambre. A présent que le silence était revenu, une explication s'imposait. Même si elle n'avait représenté pour sa mère qu'un moyen de se faire passer la bague au doigt, il était temps de lui dire qu'il l'avait aimée au premier regard.

Il frappa discrètement.

— Sadie ? Je peux entrer ?

Cette fois, ce fut le silence qui fut assourdissant. Envahi par un pressentiment désagréable, il tourna la poignée.

Comme il le soupçonnait, la chambre était vide. La musique n'avait servi qu'à couvrir la fuite de Sadie.

— Un pantalon au bureau, mademoiselle Garland ? s'exclama Beth, le lendemain matin. Quelle image déplorable pour l'agence !

Concentrée sur le plan des bureaux du rez-de-chaussée, Amanda riposta sans lever la tête.

— Quand tu parles comme ça, j'ai l'impression d'entendre mon ancienne directrice à Dower House. Elle vient de m'envoyer une lettre pour me demander de prononcer le discours de remise des prix.

— J'espère que tu es flattée.

— Pas vraiment. Celle qui devait se charger du discours vient d'être nommée secrétaire d'Etat lors du dernier remaniement ministériel. Comme elle est débordée, elle s'est vue dans l'obligation d'annuler. Comme tu le vois, je ne suis qu'un pis-aller.

— C'est tout de même bon signe.

— Tu crois ? A mon avis, les filles qui sortent de Dower House ont d'autres ambitions que de devenir secrétaires intérimaires. Et puis, cela m'étonnerait que Pamela Warburton accepte de montrer en exemple une mère célibataire.

— Tu n'es pas encore enceinte, je te signale, et tu ne risques pas de l'être avant des mois au train où vont les choses. D'autre part, pense aux parents qui seront présents ce jour-là. C'est une clientèle rêvée pour les secrétaires intérimaires et les nurses de tout poil. Les affaires avant tout, n'oublie pas !

— Pamela Warburton ne partage sûrement pas ce point de vue.

— A ton avis, pourquoi met-elle en vedette des anciennes élèves membres du Parlement ou des femmes d'affaires à succès si ce n'est pour ses affaires à elle ? Accepte sans hésiter, c'est la meilleure chose à faire.

— Et si je suis grosse comme un éléphant à la remise des prix ?

— Tu seras la preuve vivante qu'une femme peut obtenir tout ce qu'elle désire sans l'assistance d'un homme.

Là-dessus, Beth replia le plan sur lequel Amanda se penchait de nouveau.

— Que fais-tu? Je suis en train d'étudier ce plan!

— Oublie un peu le travail et profite de cette journée de détente. Où allez-vous, au fait?

— Dans un cottage qu'on prête à Daniel. Ce ne doit pas être très loin car il doit revenir à Londres pour chercher sa fille.

— On lui prête un cottage? s'exclama Beth d'un ton étrange.

— Oui, où est le problème?

Beth, l'intarissable Beth, garda le silence.

— Allez, Beth. Je vois bien que tu me caches quelque chose. C'est à propos de Daniel, c'est ça? Tu as deviné que...

— Que tu es folle de lui? Ça, je l'ai su avant toi. Pourquoi n'écoutes-tu jamais mes conseils? C'est lui qui était censé tomber éperdument amoureux, pas l'inverse. Heureusement que je veille sur tes intérêts et qu'un de mes amis a mené une petite enquête sur ton Roméo.

Amanda fronça les sourcils.

— Si tu as une mauvaise nouvelle à m'annoncer, j'aime autant l'apprendre maintenant.

— Rassure-toi, Daniel Redford a la conscience nette : son compte en banque n'est pas à découvert, il paie ses impôts et il aide les vieilles dames à traverser la rue.

— Mais?

— Mais cela ne signifie pas qu'il n'a pas de secrets.

Amanda s'affola.

— Quel genre de secrets?

Beth sortit une enveloppe de papier Kraft de son sac sans la donner à Amanda.

— Tout est là-dedans, mais tu n'en as pas besoin. Il te dira tout lui-même, à mon avis.

110

— Donne-moi cette enveloppe.

— Ce n'est pas important, je t'assure.

La réceptionniste appela à l'Interphone à cet instant.

— Quelqu'un attend une certaine Mandy Fleming, mademoiselle Garland. Vous m'avez demandé de vous prévenir.

— Merci, Kate.

Avant de sortir, Amanda se tourna vers Beth.

— Moi aussi, j'ai mes secrets. Et je vais les lui révéler aujourd'hui.

— Je suis certaine qu'il fera la même chose, alors autant jeter cette enveloppe dans le broyeur.

Amanda tendit la main d'un air résolu. Beth la lui donna de mauvaise grâce.

— Promets-moi de ne rien lire avant d'être rentrée chez toi. Laisse-lui une chance de s'expliquer lui-même.

Amanda ne desserra pas les dents.

— La curiosité est toujours punie, rappela Beth.

— Dans ce cas, fais une prière pour que je ne te punisse pas quand j'aurai pris connaissance de ces documents.

Adossé contre la Jaguar, Daniel vit la silhouette d'Amanda se profiler derrière les portes vitrées. Occupée à fourrer quelque chose dans son sac, elle ne leva la tête qu'en descendant les marches. Le sourire qu'elle lui adressa le fit fondre instantanément. Dieu qu'elle était jolie. Et aujourd'hui, elle était à lui, rien qu'à lui !

Subjugué, il s'avança pour l'embrasser tendrement sur la joue. Le parfum de sa peau l'assaillit, frais et subtil. Mais, dans ses yeux, il vit passer un éclair d'incertitude.

— Ton patron sait-il que tu as emprunté la Jaguar ?

— Je peux m'en servir à ma guise.

— Pourquoi ça ?

— C'est une longue histoire.

— Tu as l'intention de me la raconter ?

Le regard direct qui plongea dans le sien avertit Daniel que le temps des jeux de cache-cache touchait à sa fin.

— Oui.

En s'installant sur le siège de cuir, Amanda effleura d'une caresse le tableau de bord en ronce de noyer.

— Tu veux conduire? proposa Daniel en se glissant derrière le volant.

— Tu plaisantes?

Pour toute réponse, il lui tendit les clés. Amanda secoua la tête en riant.

— J'aurais trop peur de l'abîmer. Je suis habituée à un véhicule beaucoup moins volumineux pour circuler dans Londres.

— Quoi donc?

Amanda songea à sa précieuse M.G., garée chez elle. Plus petite en taille, mais infiniment plus puissante que la Jaguar. Si sa voiture n'avait pas dû subir une révision complète le jour de la conférence au Park Hotel, elle n'aurait jamais connu Daniel. Cela étant, elle regrettait de ne pas avoir surveillé sa langue. Cela lui aurait évité un nouveau mensonge.

— Quelque chose de petit et de vert de chez British Leyland.

— C'est plus raisonnable. Ce monstre dévore les litres d'essence comme un chameau assoiffé. Quant aux pièces détachées, cela devient un cauchemar d'en trouver. Je ne la sors pas souvent, mais aujourd'hui est un jour particulier.

— Je me disais bien que tu arborais un petit air satisfait. Sadie est-elle revenue sur sa décision?

Le visage sombre, Daniel actionna la clé de contact.

— Pas vraiment, mais j'ai bon espoir. Cette nuit, elle a dépassé les bornes et elle en est parfaitement consciente.

112

8.

Une adolescente en phase critique qui s'enfuit en pleine nuit représente le cauchemar de n'importe quels parents. Surtout quand une moto sert de moyen de transport.

Le premier réflexe de Daniel avait été d'appeler chez les voisins. Sans résultat, bien sûr. Alors, tout en se mordant les doigts d'avoir autorisé Sadie à circuler en moto, il avait téléphoné à Bob et à ses amis — sans plus de succès.

Ensuite, il avait arpenté le quartier, scrutant les bars et les fast-food qui jalonnaient le trajet de l'appartement au garage, fouillant l'obscurité dans l'espoir d'apercevoir la moto. Il avait fini par la repérer devant le café situé en face de Capitol Cars. Malheureusement, celui-ci venait de fermer.

Restait le garage...

Après avoir salué le gardien de nuit, il avait pénétré dans la cour, dont l'éclairage permettait d'inspecter les divers bâtiments sans allumer d'autre lumière.

Ned Gresham avait dû rentrer assez tard à cause d'une course jusqu'à Southampton. Il le savait. Sadie aussi.

Par une fenêtre entrouverte, Daniel s'était d'abord assuré que Ned était rentré. La Mercedes qu'il utilisait d'habitude était là, sagement garée à côté des autres véhicules. Au moment où Daniel tournait les talons, la por-

113

tière conducteur s'était ouverte, déclenchant le plafonnier intérieur. Puis, la voix de Ned avait résonné dans le silence.

— Ne sois pas stupide, Sadie! Rentre chez toi. Ton père doit s'inquiéter.

— Ne me traite pas comme une gamine! J'ai seize ans et je vais te le prouver. Regarde!

D'un geste plein de défi, Sadie avait fait glisser la fermeture de son blouson.

De son poste d'observation, Daniel avait pu voir qu'elle ne portait rien dessous. Au moment où il s'était rué vers la voiture, Ned l'avait arrêté dans son élan.

— Très joli, Sadie. Mais, si tu cherches un partenaire, choisis-en un de ton âge.

— Espèce de...

Le chapelet de jurons qui s'abattit sur la tête de ce pauvre Ned prouvait la parfaite maîtrise d'un langage que Mme Warburton blâmait certainement.

— Décampe, Sadie. J'ai un rendez-vous.

Amanda avait écouté le récit de Daniel avec stupeur.

— La pauvre! Elle a dû être mortifiée. Qu'as-tu fait, ensuite?

— J'ai opéré une retraite stratégique. Quand Sadie est rentrée, dix minutes après moi, je regardais les nouvelles télévisées. Et quand elle est partie pour le garage, ce matin, elle arborait un profil bas.

— Elle est allée travailler! Elle ne manque pas de courage, dis-moi.

— Ça, c'est certain. Je lui ai dit qu'elle n'avait pas très bonne mine en lui suggérant de rester à la maison, même si cela m'obligeait à annuler notre journée.

— J'aurais compris, tu sais.

— Elle a répondu que Bob comptait sur elle et m'a même proposé de faire les courses pour le week-end.

Quand elle est comme ça, je me dis qu'elle va vraiment me manquer quand elle retournera en classe.

— Tu la verras le soir.

Daniel lui jeta un coup d'œil étonné.

— Ce sera difficile ! Elle est en pension à Dower House. Je croyais te l'avoir dit. L'année prochaine, en revanche, j'aimerais qu'elle réintègre le bercail. Il y a d'excellents lycées à Londres. Elle pourra y préparer son bac en toute tranquillité.

Amanda ne cacha pas sa surprise. Comment les moyens de Daniel lui permettaient-ils de mettre sa fille dans un des établissements les plus onéreux du pays ?

— Sadie est pensionnaire à Dower House ?

— C'est elle qui l'a voulu.

— C'est là que je suis allée, moi aussi.

— Le monde est petit, décidément.

Sans s'en douter, Daniel offrait à Amanda l'occasion rêvée de lui révéler la vérité. Au même instant, la voiture s'engagea sur l'autoroute. Daniel appuya à fond sur la pédale d'accélération. La Jaguar bondit en avant.

Jugeant le moment peu propice aux confidences, Amanda décida de les reporter.

La mine pensive, elle s'efforça de comprendre comment Daniel pouvait offrir à sa fille des études à Dower House. Elle se rendit très vite à l'évidence : il avait de l'argent, c'était aussi simple que ça. Voilà ce que Beth n'avait pas voulu lui révéler.

Sans doute avait-il gagné à la loterie ou à un jeu quelconque. Mais, dans ce cas, pourquoi exerçait-il toujours le même métier ? Faisait-il partie de ces excentriques qui, lorsqu'une fortune leur tombe du ciel, décident de ne pas changer de vie ? Cette Jaguar et la pension de sa fille représentaient-elles ses seuls luxes ?

Sa main glissa vers son sac. Elle brûlait de lire le rapport de Beth. Rien ne l'en empêchait pendant qu'il conduisait, après tout.

Au moment précis où elle s'apprêtait à sortir l'enveloppe, Daniel prit une bretelle de sortie en lui adressant ce sourire qui la faisait immanquablement frémir.

— Nous ne sommes plus très loin.

Renonçant à sa lecture, Amanda croisa sagement les mains sur ses genoux. Cinq minutes plus tard, ils débouchaient devant un ravissant cottage perdu au milieu d'une forêt de hêtres.

Les boiseries fraîchement repeintes rutilaient sous le soleil d'automne. Et le jardin minuscule débordait de roses tardives qui s'enchevêtraient dans un charmant désordre.

Daniel la dévisagea d'un air tendu, comme s'il appréhendait sa réaction.

— Quelle merveille ! s'exclama-t-elle. On dirait la maison d'Hansel et Gretel.

Daniel se mit à rire.

— Et moi, je suis le méchant sorcier qui va te dévorer.

Joignant le geste à la parole, il fit passer Amanda sur ses genoux et entreprit de lui démontrer, baisers à l'appui, ce qu'il entendait par là. Ses lèvres lui caressèrent le visage, le menton, le cou. Ses mains ne demeuraient pas inactives, non plus. Quand il déboutonna son chemisier pour libérer sa gorge de sa prison de dentelle, Amanda avait oublié depuis belle lurette Beth et son rapport.

— Te rends-tu compte que nous sommes en train de nous embrasser dans une voiture comme des adolescents ? murmura-t-elle.

— A cet âge-là, je n'avais pas de voiture. Mais cela ne me posait aucun problème.

Ouvrant la portière, il entraîna Amanda sur l'herbe que jonchaient çà et là quelques feuilles mortes.

— C'est plus confortable, non ?

C'était le paradis, tout simplement. Grisée par la douceur du soleil automnal, par la chaleur du corps de Daniel contre le sien, par la douceur de son souffle sur son

116

visage, et surtout, par la lueur ardente qui brillait dans ses yeux, Amanda s'attaqua avec fébrilité aux boutons de la chemise de Daniel.

— Un peu de patience, intima-t-il en riant. Il y a un lit à l'intérieur.

— Je m'en moque.

La fraîcheur de l'air sur sa peau nue le fit frissonner. Mais ce fut bref. Très vite, le feu du désir prit le relais. Tout en Amanda le ravissait : ses seins, hauts et fermes, ses hanches qu'il dénuda avec une révérence émerveillée, ses épaules au port gracieux, ses jambes de reine. La soie, la dentelle la plus fine, le lin, les étoffes les plus raffinées étaient faites pour ce corps sublime. Mais ce fut sur l'herbe qu'il l'allongea.

Comme la première, cette étreinte fut une révélation pour Amanda. Laissant libre cours à ses émotions, elle se donna corps et âme. De nouveau, elle découvrit l'allégresse absolue, la perfection d'une union pleinement partagée. Le monde prit une teinte féerique. Elle se sentit libre. Libre, amoureuse et pleinement femme.

— Mandy ? Nous devrions...

Daniel essaya encore de l'entraîner vers la maison. D'un baiser, elle mit un terme à ses protestations. Puis la passion les emporta et il oublia ce qu'il voulait dire.

Longtemps après, il chuchota :

— La prochaine fois, nous essaierons d'atteindre un lit avant.

— Tu n'as pas aimé ?

— Si, mais je suis allongé sur un marron !

— Alors que nous sommes entourés de hêtres ! Cela m'étonnerait !

— De mon point de vue, cela ressemble indéniablement à un marron.

Enlaçant la taille d'Amanda, Daniel l'aida à s'asseoir.

— Que fait-on, maintenant ?

— Si on s'habillait ?

— Pourquoi perdre du temps ?

— Nous pourrions aller nous promener.

— La seule promenade que je suis disposé à faire nous mène dans ma chambre.

Amanda enfila ses vêtements en riant.

— Ah ! Et que proposes-tu comme activité pour nous mettre en appétit avant le déjeuner ?

— J'ai ma petite idée, mais je vais te faire visiter le cottage d'abord.

— Déjà fatigué ?

Daniel s'habilla à son tour.

— C'est bien toi qui m'as fait remarquer que j'étais en âge d'être grand-père, non ?

— Ce n'est pas une fatalité, je te signale.

— Parce que Ned Gresham a plus de droiture que je ne lui en supposais.

Ramassant le sac de Mandy qui traînait par terre, Daniel le lui tendit d'un air songeur. A dire vrai, Ned contrôlait ses pulsions infiniment mieux que lui.

L'intérieur du cottage ravit Amanda. Petit et décoré avec simplicité, il évoquait un cocon douillet avec ses meubles de bois sans prétention, ses grands tapis et ses rideaux de flanelle destinés à protéger des courants d'air glacé de l'hiver. L'air fleurait bon la lavande, le feu de bois et la cire.

A l'étage, il y avait seulement deux chambres et une salle de bains. Si Daniel ne dit mot pendant la visite, Amanda sentit qu'il l'observait avec attention, comme s'il redoutait son verdict.

— Tiens, il y a un champ à l'arrière ! s'exclama-t-elle en regardant par une fenêtre.

Daniel s'approcha en la fixant intensément.

— C'est là que j'ai appris à Sadie à conduire. Je te dis ça parce qu'on ne m'a pas prêté ce cottage, Mandy. Il est à moi.

Amanda pivota vers lui, sidérée.

118

— A toi? Mais... comment ça?

— Je ne suis pas chauffeur. Capitol Cars m'appartient. C'est moi qui ai créé l'entreprise.

Les pièces du puzzle s'assemblèrent dans l'esprit d'Amanda. Tout ce qu'elle ne s'expliquait pas eut soudain un sens. Cela coulait de source, quand on y réfléchissait. Daniel Redford n'était pas homme à attendre que la fortune vienne à lui en jouant au loto tous les samedis. Ce qu'il possédait, il l'avait obtenu à la sueur de son front. Mais pourquoi ne lui avait-il rien dit? Elle avait l'excuse d'avoir voulu ménager sa fierté masculine, mais lui?

— Tu ne m'en veux pas?

— Pourquoi t'en voudrais-je?

Amanda n'était pas en colère, mais atterrée. Il avait joué le rôle du simple chauffeur et elle l'avait cru! Pourquoi Beth ne lui avait-elle rien dit? Les larmes affleurèrent à ses paupières sans qu'elle en comprenne la raison.

— Je suis désolé, Mandy. J'aurais dû te dire la vérité.

— Pourquoi ne l'as-tu pas fait?

Le silence de Daniel parla pour lui. Il avait suivi le même raisonnement qu'elle. Elle avait beau prétendre qu'elle n'avait pas voulu le mettre mal à l'aise en lui dévoilant sa situation, au fond d'elle-même, sa seule motivation était la méfiance. Cette méfiance insidieuse instillée par Beth, la crainte qu'il n'en veuille qu'à sa fortune s'il apprenait la vérité. Et puis, il y avait aussi ce désir d'être aimée pour elle-même. Elle ne se sentait pas en colère, non, mais coupable de ne pas avoir eu le courage de prendre un risque.

— J'ai failli tout te dire quand tu es venue au garage. Je voulais t'emmener dans mon bureau pour te montrer ce à quoi tu avais tourné le dos.

Amanda ne put s'empêcher de sourire. Il tenait suffisamment à elle pour avoir ressenti de la colère, alors.

— Et j'ai tout gâché en arrivant à l'avance et en te trouvant en combinaison comme...

Comme le simple chauffeur dont elle était tombée éperdument amoureuse. Un homme à qui elle devait la vérité à son tour.

— Le soir, quand je suis venu dîner, j'ai encore voulu mettre un terme à cette plaisanterie et puis...

— Je t'en ai empêché en t'embrassant.

— Cela aurait pu être pire, tu sais. J'aurais pu prétendre être un millionnaire sans avoir un sou. Et puis quelle importance, de toute façon ? L'essentiel, c'est ce qui se passe entre nous. Depuis que je t'ai rencontrée, je ne parviens pas à aligner deux pensées cohérentes, si tu veux savoir la vérité.

— Bien sûr que je veux la savoir. Et ensuite, je te dirai la mienne.

Daniel lui effleura les cheveux pour ôter une feuille morte. Puis, il lui caressa le visage avec une exquise douceur. La tête baissée, Amanda n'osait lever les yeux vers lui de peur de ce qu'elle lirait dans les siens. Mais la chaleur, la tendresse de cette paume sur sa joue la faisaient défaillir.

— Regarde-moi, Mandy.

Incapable de résister à un ordre si doux, elle obéit.

— La vérité, c'est que je t'aime, mon amour, murmura-t-il d'une voix rauque d'émotion.

— Quelle scène touchante !

La voix de Sadie les fit sursauter d'un même mouvement. Ses cheveux rejetés en arrière, vêtue de cuir noir, Sadie avait le visage blême. Et cette fois, ce n'était pas à cause de son maquillage. Dans la main, elle tenait une liasse de feuillets dactylographiés.

— Sadie ? s'exclama Daniel. Je croyais que tu étais au garage.

— J'ai décidé de venir au cottage plus tôt. Bob m'a donné la permission. Je voulais allumer un feu, préparer quelque chose de bon pour le dîner afin de te faire plaisir. Tu as été formidable cette semaine, alors je voulais te remercier. Je ne pensais pas que je devrais te partager avec *elle*.

Sentant venir le vent du boulet, Amanda s'avança vers Sadie.

— Sadie, je...

— Je vous interdis de m'appeler Sadie ! Seuls mes proches en ont le droit. Vous n'êtes qu'une aventurière, une femme avide et sans scrupules, comme ma mère. Et puisque je voulais te remercier, papa, ceci devrait suffire.

Elle tendit les pages à Daniel.

— Ton « amour » t'a-t-il dit qu'elle avait engagé un détective privé pour mener une enquête sur toi ?

Dans son dos, Amanda sentit Daniel se figer.

— Tout y est : ta situation de famille, ton divorce, tes affaires, tes biens immobiliers, tout de A à Z !

— Où t'es-tu procuré ceci ? Tu n'as pas fouillé le sac de Mandy, j'espère ?

La voix de Daniel était rauque, comme tout à l'heure. Mais ce n'était plus la même émotion qui la faisait vibrer.

— J'ai trouvé cette saleté dehors, à côté de la voiture. Ça a dû tomber quand...

— Sors de cette pièce, Sadie. Tout de suite !

— A ta guise. Je vais mettre la bouilloire à chauffer. Mlle Fleming aura besoin d'une tasse de thé pour se remettre d'aplomb avant de partir.

Un silence électrique s'abattit sur la chambre après le départ de Sadie.

Glacée, Amanda s'éloigna de Daniel. Le visage impassible, il lui fit face sans la regarder.

— Est-ce vrai ?

Oui et non... Mais que croirait-il ? Que croirait-elle à sa place face à une preuve aussi flagrante ? A la façon dont il évitait de croiser ses yeux, elle comprit qu'il avait déjà pris sa décision.

— Quand Vickie a voulu se faire épouser, elle est tombée enceinte, murmura-t-il.

— Toute seule ?

— Elle a cessé de prendre un contraceptif sans me prévenir et, quand elle a attendu Sadie, elle a menacé de se faire avorter si je refusais de l'épouser.

Daniel désigna la fenêtre.

— Tout à l'heure... Dans le jardin...

Il n'eut pas besoin d'achever sa phrase. Tout à l'heure ils s'étaient comportés comme des irresponsables.

— Ne t'inquiète pas, affirma-t-elle. Le mariage ne fait pas partie de mes projets. Quoi qu'il advienne, je te promets que tu n'entendras plus jamais parler de moi.

Le cœur en miettes, Amanda baissa la tête. Par une étrange ironie du sort, le destin lui accordait ce qui lui aurait paru un programme idéal il y a peu de temps encore. Mais on ne programmait pas d'aimer ni de rencontrer l'homme de sa vie !

A l'agonie, elle attendit que Daniel la supplie de s'expliquer ou de ne pas partir sur un coup de tête. Comme elle le craignait, il garda le silence, en la dévisageant comme si elle lui était étrangère.

La mort dans l'âme, elle lui jeta un dernier regard et s'enfuit avant d'éclater en sanglots.

Sadie l'attendait dans le salon, les bras croisés, la mine triomphante. Prenant son téléphone portable dans son sac, Amanda téléphona aux renseignements pour avoir le numéro d'un taxi local. Son humiliation fut totale lorsqu'elle fut obligée de demander à l'adolescente l'endroit exact où elle se trouvait.

La communication terminée, Sadie déclara :

— Vous pouvez attendre dehors.

La voix de Sadie tremblait. De peur, comprit Amanda. Cette enfant rejetée par sa mère était terrifiée à l'idée qu'une femme lui vole ce père qu'elle adorait. Elle avait plus que jamais besoin de l'amour sans partage de la seule personne sur qui elle pouvait compter.

122

— Retourne en pension, Sadie. Tu dois bien ça à ton père.

— Pour que vous posiez vos griffes sur lui dès que j'aurais le dos tourné ? Vous me prenez pour une idiote ?

— Pas pour une idiote. Juste pour une adolescente effrayée.

— Retourne au moins pour repasser tes examens. Il désire que tu prépares ton bac à Londres.

— Mon œil !

— Demande-le-lui ! Il souhaite sincèrement que tu reviennes vivre avec lui.

Une expression d'incertitude se peignit sur le visage de l'adolescente.

— Je ne suis pas une menace, Sadie. Crois-tu vraiment qu'il aura envie de me revoir après ce qui vient de se passer ?

Il en fallait plus pour dissiper la méfiance de Sadie.

— Jurez que vous resterez à l'écart ! Jurez-le !

Sadie se rendait-elle compte de ce qu'elle exigeait ? Autant lui demander de s'arracher le cœur ! Car, au fond d'elle-même, Amanda nourrissait le fol espoir que Daniel découvrirait la vérité à son sujet et qu'il chercherait à la revoir quand il comprendrait qu'elle ne s'intéressait pas à sa fortune.

— Si je le fais, tu retourneras en pension ?

Sadie la fusilla du regard, mais elle acquiesça.

— Dans ce cas, tu as ma promesse.

La certitude que Daniel l'avait réellement aimée pendant leurs étreintes fut la seule chose qui l'empêcha de s'effondrer quand elle descendit le chemin jusqu'à la route. Il le lui avait dit, et, pendant un bref espace de temps, cela avait été vrai.

Et s'il doutait de la réalité de son amour à elle, elle ne pouvait s'en prendre qu'à elle-même.

9.

— Veux-tu que je t'accompagne à la clinique? proposa Beth. Ton rendez-vous a bien lieu aujourd'hui, non?

Depuis le début de la matinée, Beth tournait autour d'Amanda avec l'anxiété d'une mère poule.

— C'est inutile, merci.

— Ne me dis pas que tu comptes t'y rendre toute seule! Une insémination n'a rien d'anodin, et...

Amanda soupira.

— Je n'y vais pas.

Beth écarquilla les yeux, stupéfaite.

— Tu ne veux plus d'enfant?

— J'ai annulé le rendez-vous il y a quinze jours.

— Mais... pourquoi?

Avec sa propension habituelle à faire les questions et les réponses, Beth enchaîna derechef.

— Ecoute, j'ignore ce qui s'est passé exactement entre Daniel et toi, mais il est temps de tirer un trait dessus. Cette expérience...

— N'est pas sans enseignement, comme toute expérience, coupa Amanda.

Au même instant, une violente nausée la précipita vers les toilettes. Lorsqu'elle en émergea, quelques minutes plus tard, Beth attendait, les bras croisés et le visage hilare.

— A propos d'expérience, dans quelle catégorie classes-tu les nausées matinales?

Dédaignant ce trait d'humour, Amanda se contempla dans une glace. Son visage défait, son teint hâve et ses yeux cernés lui arrachèrent un autre soupir. Depuis sa rupture avec Daniel Redford, l'éblouissante Mlle Garland n'était plus que l'ombre d'elle-même.

— Je croyais que la vitamine B6 était censée éviter les nausées matinales, lança-t-elle d'un ton narquois. Et que les amis étaient supposés soutenir leurs proches quand ils en ont besoin, pas les enfoncer quand ils ont commis une erreur.

— Je ne vois pas où est l'erreur alors que tout se déroule selon tes souhaits.

— Pas tout à fait. Si je suis enceinte, c'est un accident.

— Un heureux accident, tout de même. Tu es contente, j'espère?

En un sens, oui. Non seulement elle attendait un enfant, mais elle portait celui de l'homme qu'elle aimait. C'était beaucoup plus qu'elle ne méritait.

— L'erreur, c'est Daniel, pas l'enfant.

C'était également ce funeste jeu de cache-cache auquel ils avaient joué.

— Au moins, tu n'as pas besoin de te morfondre en te demandant si tu dois prévenir le père.

Un pâle sourire effleura les lèvres d'Amanda. Même dans les pires situations, Beth voyait toujours le côté positif des choses.

Dommage qu'il en aille autrement pour elle. L'idée de ne pas annoncer à Daniel qu'il allait être père lui déchirait le cœur. Mais, à ses yeux, la promesse qui la liait à Sadie était sacrée. Si jamais l'adolescente apprenait sa grossesse, Dieu sait comment elle réagirait. Or, elle était retournée en pension. Amanda s'en était assurée auprès de Pamela Warburton quand elle l'avait appelée pour l'avertir qu'elle n'assisterait pas à la remise des prix.

— Mercedes Redford? s'était exclamée le proviseur. Vous la connaissez?

— Un peu. Je me demandais si elle avait repris les études.

— Dieu merci, oui. Elle reste jusqu'à ce qu'elle ait repassé ses examens mais, l'année prochaine, elle nous quittera. Il lui tarde de retourner vivre avec son père, manifestement.

— Surtout, ne lui dites pas que je vous ai interrogée à son sujet. Je ne voudrais pas qu'elle croie que je la surveille.

— C'est pourtant ce que vous faites.

En effet. La curiosité d'Amanda tenait sans doute au faible espoir que Sadie n'avait pas tenu sa promesse, ce qui l'aurait délivrée de la sienne.

— Vous êtes certaine que vous ne pouvez pas assister à la remise des prix ?

— Je suis enceinte, Pamela. Ce jour-là, j'aurai atteint un stade où il me sera impossible de le cacher.

— Aucune importance.

— Cela ne vous dérange pas qu'une mère célibataire dise à vos ouailles que le monde leur appartient pour peu qu'elles le veuillent ?

— Au contraire ! Malgré les apparences, je vis avec mon temps, ma chère. Vous incarnerez l'exemple idéal de la femme moderne, à la fois mère et professionnelle accomplie. Je vous envoie une lettre pour confirmer la date et l'heure.

L'exemple idéal de la femme moderne... Une image d'Epinal à laquelle Amanda avait cru, elle aussi. A présent, elle n'était plus si sûre qu'il était possible de conjuguer harmonieusement carrière et vie privée. Son parcours professionnel était exemplaire, certes, elle serait mère, certes, mais au prix d'un renoncement si douloureux qu'elle doutait que cela en vaille la peine.

La voix de Beth l'arracha à ses pensées.

— Tout est pour le mieux, finalement.

Amanda se secoua. Beth n'avait pas tout à fait tort. Son

agence de nurses haut de gamme se développait sous les meilleurs auspices et elle attendait un enfant qu'elle désirait vivement. Elle pouvait difficilement se plaindre, même si son cœur était mort.

Forte de cette analyse, elle trouva le courage de sourire. Pour rassurer Beth. Et pour se rassurer elle-même — sans y parvenir tout à fait.

Pour Noël, Sadie offrit à son père des places pour une première au théâtre. Sensible à son humeur taciturne, elle avait décidé de lui faire plaisir en l'emmenant au spectacle, elle qui détestait ça. Elle avait même poussé l'esprit de sacrifice jusqu'à acheter une robe pour l'occasion.

Une robe noire, cela allait de soi. Et bien trop sexy pour une fille qui venait de fêter ses dix-sept ans. Avec ses cheveux bouclés qui ondulaient sur ses épaules, elle était magnifique. Lorsqu'ils entrèrent dans le hall du théâtre, toutes les têtes se retournèrent sur son passage. Et le phénomène ne semblait pas lui déplaire, à en juger par sa petite moue satisfaite.

Daniel se demanda si elle pensait à Ned Gresham. Regrettait-elle qu'il ne soit pas là pour comprendre ce qu'il avait manqué ?

Ned s'était trouvé un autre emploi. Et si Daniel était navré de perdre un excellent chauffeur, il ne l'était pas assez pour l'inviter à reconsidérer sa décision. D'autant que son intuition lui soufflait que Ned éprouvait vis-à-vis de sa fille les mêmes sentiments que lui à l'égard de Mandy. La sagesse commandait donc une séparation claire et nette, aussi douloureuse fût-elle.

Après avoir déposé leurs manteaux au vestiaire, Sadie déclara :

— Je vais acheter un programme. Occupe-toi des boissons.

Daniel se fraya difficilement un chemin jusqu'au bar

où il acheta deux bouteilles d'eau gazeuse. Depuis sa rupture avec Mandy, il évitait l'alcool comme la peste de peur de se précipiter à l'Agence Garland en suppliant la réceptionniste de lui donner son adresse. Il avait déjà eu le plus grand mal à s'en empêcher sans whisky, alors s'il commençait à boire, il ne jurait de rien.

Quel dommage qu'il ait découvert ses manigances ! Il ne parvenait pas à se défaire de la certitude qu'il aurait pu être profondément heureux avec elle. L'ignorance était un vrai bonheur, parfois. Pourquoi diable avait-elle apporté ce satané rapport avec elle ? Pourquoi l'avait-elle laissé tomber ? Et pourquoi Sadie avait-elle choisi ce jour précis pour jouer les filles parfaites ?

Pauvre Sadie ! Elle s'était donné beaucoup de mal pour choisir une pièce qui lui plaisait. Elle ne s'était pas trompée, d'ailleurs. S'il avait été d'humeur à se distraire, il serait certainement allé la voir.

Le souvenir de sa conversation sur le théâtre avec Mandy lui revint à l'esprit. Elle partageait son engouement pour cet auteur. Pourvu qu'elle ne soit pas là ! songea-t-il avec appréhension. La revoir lui serait insupportable.

Malheureusement, cette soirée éveillait d'autres réminiscences, tout aussi pénibles. Le taxi, par exemple. En arrivant avec Sadie, il avait payé le chauffeur en lui demandant de les attendre à la sortie. La dernière fois qu'il avait fait la même chose, il tremblait comme un adolescent à son premier rendez-vous.

Plaquant un sourire de commande sur ses lèvres, il suivit Sadie qui l'entraînait vers le foyer dans l'espoir d'apercevoir quelques célébrités. Obsédé par Mandy, il fouilla l'assemblée du regard dans l'espoir de la voir. En vain.

Sa déception fut si violente qu'il se mordit la lèvre. Et il eut beau se traiter d'imbécile, il se sentit plus vide et plus seul que jamais.

La voix anxieuse de Sadie le tira de ses amères réflexions.

— Papa ? Tu es content, au moins ?

— Ravi, ma chérie !

Soudain, il se figea. Mandy venait de pénétrer dans le foyer au bras d'un homme. Un individu très grand, très beau, aux cheveux de jais striés de fils d'argent. Un homme du monde, d'une élégance irréprochable, extrêmement distingué et manifestement très riche, à en juger par la coupe de son smoking.

Quand son frère Max l'avait invitée au théâtre, Amanda avait commencé par refuser.

— Je suis trop fatiguée, Max.

— Dis plutôt que ta grossesse commence à se voir et que tu redoutes que les gens t'interrogent sur l'heureux père.

— Dans ce cas, ils se poseront la question longtemps. De toute façon, on ne voit rien. Mon ventre commence tout juste à s'arrondir.

Max eut un rire moqueur.

— Désolé de te décevoir, mais on devine ton état au premier coup d'œil. Et si personne n'a osé aborder le sujet avec moi, trois de nos amis communs ont demandé à Jilly à quelle date était prévu l'heureux événement.

Sans chercher à dissimuler son état, Amanda souhaitait éviter d'être la cible des racontars pendant à un mois encore.

— Si tu espères me convaincre de t'accompagner au théâtre avec ce genre d'arguments, tu t'y prends très mal.

— Un bon mouvement, Mandy ! Jilly est sur le point d'accoucher et je n'ai aucune envie d'y aller seul.

— Tu n'as qu'à rester chez toi.

— Je n'ai pas le choix : j'ai participé au financement de la pièce. Mets la cape que maman t'a offerte à Noël.

Elle est tellement ample que si tu attendais des triplés, on ne le saurait pas.

— Je ne cherche pas à me cacher! protesta-t-elle.

— Eh bien, prouve-le! Tu as dix minutes pour te changer.

Mise au défi, Amanda rendit les armes. Mais, en se changeant, force lui fut de se rendre à l'évidence. Elle pouvait dire adieu aux robes moulantes pour un certain temps.

En ouvrant sa boîte à bijoux, sa main caressa machinalement la boucle d'oreille de jade solitaire. Elle devrait la jeter.

Elle le ferait bientôt.

Enfin... peut-être...

Une immense cape de velours gris pâle l'enveloppait entièrement. Fasciné, Daniel fixa avidement cette nuque dont sa bouche et ses mains connaissaient par cœur la texture, la douceur, la souplesse...

Sa coiffure était impeccable. Pas une mèche déplacée, pas la moindre trace de farine, ce soir. Il avait tenu ce visage entre ses mains, il avait fait ruisseler cette chevelure soyeuse entre ses doigts, il en avait ôté les feuilles mortes qui l'encombraient. Pas de feuilles mortes, ce soir, sauf les pendentifs en forme de feuilles d'or qu'elle portait aux oreilles.

D'un geste instinctif, il glissa la main dans sa poche. La boucle d'oreille était là. Après leur retour, il l'avait jetée dans une corbeille à papier dans un mouvement de colère. Puis il l'avait reprise. Depuis, il ne s'en séparait plus, elle l'accompagnait partout.

— Papa?

Sadie ne pouvait voir Mandy, Dieu merci. Dissimulant sa tristesse derrière un sourire, il désigna la photo d'une actrice sur le programme.

— Ce n'est pas elle qui jouait dans ton feuilleton préféré ?

Il se trompait évidemment. Sadie rectifia son erreur en le contemplant d'un air navré.

Lorsqu'il regarda de nouveau en direction de Mandy et de son compagnon, le directeur du théâtre les entraînait avec une déférence marquée vers une loge officielle. Un ponte, manifestement, songea-t-il en crispant la mâchoire.

Max désigna les bouteilles alignées dans un angle de la loge.

— Tu veux boire quelque chose ?

L'esprit ailleurs, Amanda secoua la tête. Depuis son arrivée au théâtre, une sensation étrange l'habitait. Ce fourmillement particulier qui ressemblait à celui qu'elle avait ressenti des mois auparavant quand elle avait deviné que Daniel pensait à elle.

Envahie par un fol espoir, elle scruta l'orchestre d'un œil fébrile. En pure perte, hélas.

Les nerfs à vif, Daniel s'agita sur son siège. Pourtant, Mandy ne pouvait pas le repérer. Il l'avait vue s'installer dans la loge officielle. Il se trouvait trop en retrait par rapport à son angle de vue.

Curieusement, il ne sut s'il était content ou déçu. Le mieux serait de n'éprouver aucune réaction, mais c'était impossible. Il aimait pour la première fois de sa vie, et il l'avait dit. Rien ni personne ne pouvait effacer cet aveu.

Amanda nouait et dénouait nerveusement ses mains. Son imagination lui avait encore joué un tour. Elle rêvait trop ! Son aventure avec Daniel ne pouvait connaître de dénouement heureux. Il ne tiendrait jamais son enfant dans les bras. Il ne lui dirait jamais plus qu'il l'aimait.

Lorsque le rideau s'abaissa pour la dernière fois, un immense soulagement l'envahit. Elle allait enfin pouvoir s'échapper, rentrer chez elle... Pourvu que Max n'attende pas une critique pertinente de sa part car elle n'avait rien suivi !

— Il faut que je fasse une apparition dans les coulisses, Mandy. Cela ne t'ennuie pas trop ?

— Pas plus de cinq minutes, alors.

— Promis.

Drapant la cape sur les épaules de sa sœur, Max l'entraîna dans le couloir où se bousculait une foule animée.

— C'est par là.

Plusieurs groupes s'écartèrent pour les laisser passer. Et soudain, le miracle eut lieu. Daniel était là, devant elle. Avec Sadie.

Paralysée par l'émotion, Amanda se pétrifia sur place. Daniel semblait également métamorphosé en statue. Ils se dévisagèrent intensément, douloureusement, en un échange muet qu'elle n'osa rompre. Avec quelle joie, quel bonheur pourtant, elle aurait écarté sa cape et pris la main de Daniel pour la placer sur son ventre afin qu'il sente bouger le petit être qu'ils avaient conçu ensemble !

Un rêve encore... que Max rompit brutalement.

— Allons-y, Mandy.

Daniel sortit de sa stupeur. Sans un mot, il s'écarta pour les laisser passer.

En s'éloignant, Max s'exclama :

— Seigneur ! J'ai cru que cet homme allait se jeter sur toi.

Puis, sensible au désarroi de sa sœur, il se tourna vers elle avec sollicitude.

— Veux-tu que nous renoncions à aller saluer les acteurs ?

Amanda voulut parler. Aucun son ne sortit de sa gorge. Elle toussota et recommença.

— Cela me détendra, au contraire. J'ai travaillé trop dur récemment.

La vie continuait, après tout. Même s'il fallait se forcer...

— Papa ?

La petite main de Sadie se glissa dans celle de Daniel. Elle lui avait enfoncé les ongles dans la paume quand ils s'étaient trouvés face à face avec Mandy et son compagnon. Sans ce geste, d'ailleurs, il se serait approché pour lui demander de ses nouvelles, juste pour le bonheur d'entendre le timbre inimitable de sa voix.

— Rien ne nous oblige à aller au restaurant, tu sais. Je peux faire une omelette si tu préfères.

Elle s'exprimait d'une toute petite voix. Comme si elle était effrayée par l'intensité de la rencontre à laquelle elle venait d'assister. Lui aussi avait eu peur. Mais ce n'était pas la faute de Sadie. Elle n'était responsable de rien.

Et puis, il fallait bien manger. Il s'y forçait bien depuis quatre mois... Le sort de trop nombreuses personnes dépendait de lui pour qu'il se laisse aller.

En montant dans le taxi, il donna au chauffeur l'adresse d'un restaurant. Chinois, pas italien.

10.

— La grossesse vous va bien, Amanda, déclara Pamela Warburton. Vous rayonnez. Pour quand la naissance est-elle prévue ?

— Vers la mi-juin.

— Votre mère doit être folle de joie : deux petits-enfants dans la même année ! J'espère que vous aurez une fille. Votre belle-sœur n'a pas l'air décidée à nous envoyer la sienne quand elle sera en âge d'être scolarisée, alors je compte sur vous.

— Jilly ne voit pas l'utilité de mettre des enfants au monde pour s'en séparer ensuite.

Ses parents ne s'y étaient résignés qu'à contrecœur, à cause de la carrière diplomatique de son père. La pension lui avait procuré, ainsi qu'à Max, une nécessaire stabilité. Mais, sans y avoir été malheureuse, Amanda partageait l'opinion de Jilly. De toute façon, la question ne se posait pas.

— Désolée pour vous, mais j'attends un garçon.

— Oh, Amanda ! Comment avez-vous pu me faire ça !

— Je suppose que je n'ai pas fait attention, répliqua-t-elle avec humour.

— Cette vieille guimbarde ne peut pas aller plus vite, papa ? On va arriver en retard.

— A qui la faute ? Tu as mis des heures à appliquer tes peintures de guerre. A croire que tu te prends pour la femme de Geronimo.

— Geronimo ? Qui est-ce ?

— Peu importe. Je me demande pourquoi tu tiens tellement à assister à la remise des prix puisque ce n'est pas obligatoire. Comme si tu avais une chance d'en recevoir un.

— C'est automatique quand on obtient cinq 16 d'affilée dans une matière.

— Et cinq 18 ? Cela donne quoi ?

— Un livre encore plus gros.

— Et cela te donne envie de subir les palabres interminables inhérentes à ce genre de circonstances ? A ta place, je fuirais.

Daniel taquinait Sadie. Il savait que la remise des prix n'était qu'un prétexte pour parader devant ses pairs en minijupe et en cuissardes.

Il fallait avouer que, même attifée ainsi, elle était superbe. Une fois de plus, il se réjouit que Ned Gresham ait eu l'heureuse initiative de se soustraire à la tentation.

S'il avait voulu jouer son rôle de père à la perfection, il aurait dû tenter de dissuader Sadie de s'habiller de façon aussi provocante. Mais elle avait fourni de tels efforts, déployé tant de bonne volonté pour réussir ses examens et travaillé si dur au garage pendant les week-ends qu'il se sentait enclin à l'indulgence. Pamela Warburton tiquerait sûrement un peu, mais elle comprendrait.

— Qui remet les prix, cette année ? demanda-t-il en se garant à côté d'innombrables voitures.

Sadie sortit le carton d'invitation de son sac.

— Une dénommée Amanda Garland. Encore une ancienne qui a réussi, je suppose !

Le pied de Daniel glissa sur la pédale d'embrayage. La voiture fit un bond en arrière avant de caler... à l'entrée du parking de Dower House.

Sadie défit sa ceinture de sécurité en haussant les épaules.

— Jamais entendu parler d'elle.

— Elle dirige une agence de secrétaires intérimaires haut de gamme, précisa Daniel d'une voix monocorde. Elle a eu recours à nos services à l'occasion. Pas ces derniers temps, toutefois.

— A quoi ressemble-t-elle?

— Aucune idée. Espérons qu'elle n'est pas trop bavarde.

Une jeune élève était chargée de guider les retardataires vers la salle de conférences. Sadie s'éclipsa en adressant un petit signe à son père. Mme Warburton terminait son discours préliminaire quand Daniel s'assit discrètement au dernier rang.

Les allocutions se succédèrent, fastidieuses à souhait. Les succès sportifs, les résultats aux divers examens, les projets d'expansion, rien ne fut épargné. Daniel écouta d'une oreille distraite en s'amusant à deviner qui était Amanda Garland parmi les personnes qui occupaient l'estrade.

Très vite, son esprit revint à ce matin d'automne ensoleillé lorsqu'il avait taquiné Mandy Fleming sur la vieille bique qui l'employait. Depuis, sa voix, son rire, ses yeux gris mystérieux le hantaient. Il se passa la main sur le visage pour conjurer les images torturantes qui l'assaillirent. En vain. A cet instant, l'assistance applaudit un nouvel intervenant.

Il crut être l'objet d'une hallucination.

Mandy était là, devant le micro.

— Comme vous pouvez tous le constater, je ne devrais pas être là, dit-elle. Ma mission consiste, paraît-il, à éveiller l'ambition des pensionnaires de Dower House, en d'autres termes, à leur dire que rien ne leur sera refusé à condition de le vouloir. Eh bien, j'en suis une preuve vivante : rien ne m'est refusé, ni le mal de dos ni les chevilles enflées ni les brûlures d'estomac.

Un éclat de rire général salua ce préambule.

En état de choc, Daniel essayait de comprendre. Que faisait Mandy sur l'estrade ?

— Cela ne poserait aucun problème si je pouvais rester tranquillement chez moi à me reposer. Mais ne rien se refuser signifie que mal de dos ou pas, nuit blanche ou pas, je dois me lever à 7 heures pour être au bureau à 8 h 30. Ne vous méprenez pas, néanmoins ! Pour rien au monde je ne voudrais qu'il en fût autrement. Diriger l'Agence Garland est un bonheur de chaque instant.

Mandy posa alors la main sur son ventre avec ce geste de protection instinctif qu'ont les femmes enceintes. Le visage blême, Daniel se leva lentement.

— Cela étant, mon existence risque de se compliquer sérieusement d'ici peu. Alors je vous pose la question : le rêve est-il possible ? Une femme peut-elle mener de front, en parfaite harmonie, une vie professionnelle et une vie de mère ? Je pense qu'il y a autant de réponses que de femmes présentes dans cette salle. A chacune de trouver son équilibre et de mener à bien ses ambitions, quelles qu'elles soient.

Amanda marqua une pause en voyant une silhouette se dresser au fond de la salle. Elle pâlit soudain. Pourquoi avait-elle ignoré le petit fourmillement qui l'avait traversée un quart d'heure auparavant ? Et comment se comportait-on quand on faisait une allocution devant une salle pleine à craquer, qu'on était enceinte de six mois et que le père de votre enfant vous fixait d'un regard d'halluciné ?

— Tout va bien, Amanda ? s'enquit Pamela Warburton avec une pointe d'anxiété.

Alors que son cœur menaçait d'exploser ? Non, elle n'allait pas bien, mais elle tâcherait de prétendre le contraire. Pour se donner contenance, elle but une gorgée d'eau et reprit son discours en évitant de regarder le fond de la salle. A part l'évanouissement, elle n'avait pas d'autre solution. Or, elle n'avait jamais perdu connais-

138

sance et ce n'était pas aujourd'hui qu'elle allait commencer.

Daniel reprit sa place, abasourdi. Mandy Fleming n'était autre qu'Amanda Garland! Comment avait-il pu être aussi stupide?

Et pourquoi ne lui avait-elle rien dit? Pourquoi ne l'avait-elle pas remis à sa place quand il avait débité toutes ces sottises sur Amanda Garland?

Parce qu'elle s'amusait, c'était aussi simple que ça. Parce qu'elle appréciait son numéro de charme. Alors, elle s'était mise à flirter à son tour. Ensuite, la situation leur avait échappé avant qu'ils puissent s'en rendre compte.

Il avait voulu qu'elle l'aime pour lui-même. Mais pendant qu'il croyait se protéger des visées d'une secrétaire peut-être plus intéressée qu'il n'y paraissait, Amanda Garland prenait ses précautions à l'égard d'un chauffeur peut-être moins honnête qu'il n'en donnait l'impression.

Voilà ce qu'elle s'apprêtait à lui avouer quand Sadie les avait surpris au cottage. Elle s'était abstenue de le prévenir de sa grossesse à cause de son attitude, ce jour-là.

Une bouffée de jalousie meurtrière le submergea. Pourquoi n'avait-il rien remarqué au théâtre? Et qui était le bellâtre qui l'accompagnait?

Et Sadie? Avait-elle deviné que Mandy était enceinte? Est-ce pour cela qu'elle lui avait broyé la main? Où était-elle, d'ailleurs?

Inquiet, il balaya la salle du regard. Pas de Sadie.

Sans réfléchir, il bondit de sa chaise comme un diable d'une boîte et se rua dans le hall.

— Puis-je vous aider, monsieur? lui demanda une adorable fillette.

— Je dois parler à ma fille. C'est urgent. Sadie Redford, tu la connais?

— Sadie? Oh oui! Elle est super!

Un tonnerre d'applaudissements salua la fin du discours de Mandy. Le temps pressait. D'ici peu, Sadie monterait sur l'estrade pour recevoir son prix. Et rien ne l'avait préparée au choc qu'elle allait recevoir quand elle reconnaîtrait Mandy.

— Où est-elle ?
— Aux toilettes.
— Où est-ce ?
— Vous ne pouvez pas y aller !

Amanda avait chaud. La tête lui tournait un peu. Elle aurait bien aimé s'asseoir, mais elle se l'interdit par fierté. Il ne restait plus que la distribution des prix proprement dite. Une opération que Pamela Warburton menait toujours rondement.

Nom, certificat, poignée de main. Nom, certificat, poignée de main... Au bout d'un certain temps, la cérémonie prenait un caractère presque hypnotique.

Il n'y avait personne dans les toilettes.

Affolé, Daniel tenta de mettre un peu d'ordre dans son esprit. Il avait besoin de temps pour réfléchir, pour s'habituer à l'idée d'être bientôt père de nouveau, pour prendre une décision sur la conduite à tenir et surtout, pour trouver le moyen de convaincre la femme qu'il aimait qu'il était un type bien.

Il regagna la salle au moment où l'on appelait Mercedes Redford. Hébété, il regarda sa fille gravir les marches du podium et vit son visage se décomposer quand elle reconnut Mandy.

Amanda guettait l'instant fatidique avec appréhension. Les élèves se succédaient par ordre alphabétique. Elle ignorait si Sadie l'avait déjà repérée et si elle était prépa-

140

rée. Les filles étaient censées assister à la cérémonie dans son entier, mais les plus âgées préféraient aller bavarder plutôt que d'écouter les propos des adultes les encourageant à donner le meilleur d'elles-mêmes.

La réaction de Sadie ne laissa aucun doute. La surprise était totale.

— Vous n'êtes pas Amanda Garland mais Mandy Fleming! s'exclama-t-elle. Miss Boucles d'Oreilles en personne! Mais... vous êtes enceinte!

Amanda avait pour règle de ne jamais s'évanouir. Cependant, toute règle a ses exceptions. Il fallait faire diversion avant que Sadie révèle à l'assistance fascinée le nom du père de son enfant.

Sans perdre une seconde, elle s'affaissa gracieusement sur le sol. La vision de Daniel Redford traversant l'allée centrale au pas de course, les traits crispés par la colère, lui facilita grandement la tâche.

Si Daniel doutait encore de ses sentiments pour Mandy ou pour l'enfant qu'elle portait, sa réaction quand elle s'évanouit lui en fournit la certitude. Gravissant les marches d'un bond, il fut auprès d'elle en moins de temps qu'il n'en faut pour le dire.

— Appelez une ambulance, ordonna-t-il d'un ton impérieux en s'agenouillant auprès d'elle.

Tout en lui prenant le pouls, il dénoua l'écharpe de soie qu'elle portait autour du cou.

— Mandy! Ouvre les yeux, ma chérie!

Trempant un coin de l'écharpe dans un verre d'eau, il lui tamponna les tempes avec douceur.

— Je t'en prie, mon amour!

Elle battit des paupières. Leurs regards se croisèrent. Il comprit alors qu'elle feignait l'évanouissement pour détourner l'attention de Sadie.

A son soulagement succéda une multitude d'émotions.

Que dire? Par où commencer? Devait-il la supplier de lui pardonner, la remercier, l'implorer de ne plus jamais lui infliger une telle peur?

— Je t'aime, Mandy! Tu m'as tellement manqué.

Amanda faillit éclater en sanglots. Mais elle venait déjà d'enfreindre une règle sacrée, aussi ravala-t-elle ses larmes.

— Occupe-toi de Sadie, Daniel. Elle a besoin de toi.

— Et toi? Tu n'as pas besoin de moi?

La question la mit au supplice. Mais elle avait promis.

— Sadie, répéta-t-elle.

Daniel chercha sa fille du regard. Celle-ci avait à l'évidence profité de la confusion pour prendre la fuite.

— Trouve-la, Daniel!

Pamela Warburton acquiesça vigoureusement.

— Allez-y avant qu'elle ne commette une bêtise. Je veille sur sur Amanda.

Daniel hésita un instant, puis il serra la main d'Amanda.

— Je reviens tout de suite.

Une élève guida de nouveau Daniel vers les toilettes. Si sa fille espérait échapper à sa colère en s'y cachant, elle se trompait.

Il poussa la porte d'un geste énergique.

Appuyée contre le mur, son visage blême baigné de larmes, Sadie le contempla d'un regard vide.

— Elle a réussi! hoqueta-t-elle. J'ai essayé de l'en empêcher mais maintenant tu vas être obligé de l'épouser. Bon sang, papa, on ne t'a jamais parlé de protection?

— Tu y pensais, toi, quand tu t'es jetée à la tête de Ned Gresham au garage?

Sadie le fixa avec ahurissement.

— Je voulais juste... Il n'a pas...

— Je sais ce que tu voulais. Tu cherchais à punir ta mère en tombant enceinte.

De livide, elle devint écarlate.

— C'est pour ça qu'il est parti? Tu l'as renvoyé? Ce n'était pas sa faute.

— Je sais. Et non, je ne l'ai pas renvoyé. Et il ne t'a pas dénoncée non plus. Quand je me suis aperçu que tu t'étais enfuie, je suis parti à ta recherche. Il s'est tiré avec les honneurs d'une situation extrêmement délicate.

Un gémissement monta de la gorge de Sadie. Enlaçant les épaules de sa fille, Daniel l'attira contre lui.

— Qu'as-tu fait, Sadie?

— Comment ça?

— Tu viens de dire que tu as essayé d'éloigner Mandy. Qu'as-tu fait?

La tête enfouie au creux de son épaule, Sadie marmonna quelque chose. Persuadé d'avoir mal entendu, Daniel s'écarta.

— Jurer? Que lui as-tu fait jurer?

Sadie s'écarta pour le regarder droit dans les yeux.

— J'ai promis de retourner en pension si elle jurait de ne plus jamais te voir.

Une joie inattendue envahit Daniel. Etait-ce pour cette raison que Mandy ne l'avait pas prévenu de sa grossesse?

Puis son sang se glaça quand il se souvint de sa froideur, ce jour-là.

— Crois-tu qu'elle avait envie de me revoir après la façon dont je l'avais traitée?

— Pourquoi pas? Tu représentes une proie de choix pour une fille comme elle.

— Tu oublies un petit détail! Amanda Garland est une femme d'affaires prospère. Elle n'a pas besoin de mon argent.

Mais, avec un peu de chance, elle comprendrait peut-être qu'elle avait besoin de lui pour d'autres raisons.

— Dans ce cas, pourquoi...?

— Ce rapport sur moi? Je lui ai fait croire que j'étais un simple chauffeur. J'imagine qu'elle tenait à s'en assurer, au cas où j'aurais été un individu sans scrupules qui n'en voulait qu'à sa fortune. Maintenant, explique-moi pourquoi tu t'acharnes contre elle.

— Parce qu'elle est très belle et que tu la regardes comme si elle était une reine !

— Et ?

— Parce que tu portes toujours la boucle d'oreille de jade sur toi et que je suis jalouse. J'ai... j'ai peur que tu m'abandonnes comme maman.

De grosses larmes se mirent à ruisseler sur les joues de Sadie. Elle se jeta au cou de Daniel.

— Oh, papa, je suis désolée ! Tu l'aimes, c'est évident, et j'ai tout gâché.

— Nous nous sommes mis à trois pour y arriver. J'espère que tout n'est pas irrémédiablement perdu, mais j'ai besoin de ton aide. Essuie-toi les yeux et suis-moi.

Ignorant le juron de Sadie, Daniel l'entraîna dans le couloir.

— Pour quelqu'un qui a obtenu 16 de moyenne en littérature anglaise, je comprends mal ce besoin d'avoir recours aux grossièretés pour se faire comprendre.

L'arrivée d'une ambulance toutes sirènes hurlantes l'empêcha de poursuivre.

Sadie se tourna vers lui avec horreur.

— Mon Dieu, le bébé ! Qu'est-ce que j'ai fait ? Tu devrais être auprès d'elle.

Au mépris d'une des règles élémentaires de l'établissement, Sadie s'élança dans le couloir au pas de course.

Un infirmier s'apprêtait à prendre la tension d'Amanda dans le salon de Pamela Warburton. Il lui glissait le brassard autour du bras quand Sadie fit irruption comme une bombe.

— Le bébé va bien ?

— Mercedes !

Insensible à l'apostrophe réprobatrice de sa directrice, Sadie se précipita vers Amanda.

— Je suis désolée, Mandy... euh... mademoiselle Fleming... Garland. Tout est ma faute. Il ne faut pas en vouloir à papa. J'avais tellement peur que vous me l'enleviez !

Sadie se tourna vers son père qui venait de les rejoindre.

— Dis-lui que tu l'aimes, papa ! Raconte-lui pour la boucle d'oreille.

— Faites donc, mon vieux. Et pendant que vous y êtes, vous pourriez peut-être m'expliquer ce qui se passe, lança une voix masculine du seuil de la pièce.

— Max ! s'écria Amanda.

Daniel se tourna vers le nouveau venu d'un air menaçant.

— Qui êtes-vous ?

— Maxim Fleming, fit Max en tendant la main. Il me semble vous avoir croisé au théâtre, il y a environ deux mois.

— Fleming ?

— Le frère de Mandy, au cas où vous vous poseriez la question, précisa Max en souriant.

Daniel daigna enfin serrer la main de Max.

— Daniel Redford. Je vais épouser votre sœur.

— Tiens donc ! Pourquoi ne m'as-tu pas annoncé la nouvelle quand je t'ai déposée tout à l'heure, Mandy ?

— Parce que j'ignorais les intentions de Daniel. D'ailleurs, il ne m'a toujours rien demandé.

— Eh bien, je te le demande, lança Daniel avec force. Veux-tu m'épouser ?

Toutes les personnes présentes suspendirent leur souffle dans l'attente de la réponse. Au comble de l'embarras, Amanda gratifia Daniel d'un regard noir. Comment osait-il lui faire ça ? A elle ?

— Ne sois pas ridicule, enfin ! La dernière chose dont j'ai besoin, c'est d'un mari.

— Tout ça est d'un romantisme ! marmonna Max en levant les yeux au ciel.

— Tu as demandé Jilly en mariage dans un wagon de train ! Tu trouves ça romantique peut-être ? rétorqua Amanda de but en blanc.

Le sourire de Max s'élargit.

— Plutôt, oui. Toutes mes excuses, Daniel. Continuez, je vous prie.

Celui-ci s'exécuta sans se faire prier.

— Ma proposition n'a rien à voir avec le fait que tu portes mon enfant. Les six derniers mois ont été un enfer.

— Pas pour moi, peut-être ?

— Je me demande s'ils y arriveront, fit Max.

— Sors d'ici, Max ! Sortez tous. Vous faites monter ma tension.

— Votre tension est excellente, déclara l'infirmier en ôtant le brassard.

Malgré les protestations de Mandy, Daniel sut qu'il avait gagné. Le message que lui adressaient les grands yeux gris lui prouvait qu'il lui avait manqué, qu'elle l'aimait et mille autres choses encore qui lui mirent du baume au cœur.

— Ecoutez-le, je vous en prie ! supplia Sadie. C'est votre vie, après tout. Dans un an, je partirai pour l'université et papa aura besoin de quelqu'un auprès de lui. Et puis, il y a le bébé. Un enfant doit grandir avec ses deux parents.

A ces mots, Amanda retrouva sa sérénité. Prenant la main de Sadie, elle la posa sur son ventre.

— C'est un garçon. Tu sens comme il bouge ?

— Ça alors ! Viens vite, papa !

Daniel n'esquissa pas un geste. Sa réponse, il l'avait déjà. Le reste attendrait.

S'approchant de son père, Sadie l'embrassa tendrement sur la joue.

— Bien sûr qu'elle va t'épouser. Et si elle refuse,

menace-la de ne pas lui rendre la boucle d'oreille. Cela étant, je suis certaine qu'elle préfère te donner sa réponse sans auditoire.

Peu après, la porte se refermait, laissant Daniel et Amanda face à face.

— Tu m'aurais prévenu pour le bébé ?

— Je voulais te le dire, mais j'avais juré à Sadie de ne plus te voir quand je suis partie du cottage. Elle était dans tous ses états, ce jour-là. On aurait dit une tigresse défendant ses petits. Jamais elle n'aurait accepté de retourner en pension sans ma promesse, alors j'ai accepté. C'était le moins que je pouvais faire. Et puis, je pensais que cela n'avait plus d'importance après ce qui venait de se passer.

— Tu n'as toujours pas répondu à ma question. M'aurais-tu prévenu pour le bébé ?

— J'étais liée par ma promesse, mais pas Beth. Je suppose qu'elle projetait de déposer une carte de félicitations dans ta boîte aux lettres, le moment venu. C'est une incurable romantique.

— Beth ? C'est l'amie qui t'a prêté l'appartement ?

— C'est également mon associée et la personne qui a fait mener une enquête sur toi.

— Très romantique !

Amanda jugea le moment venu de lui avouer la vérité.

— Elle cherchait à me protéger de moi-même. J'avais décidé d'avoir un enfant sans m'impliquer dans une relation sentimentale.

— Tu voulais mon enfant, mais pas moi ?

— C'était avant de t'avoir rencontré. Je n'ai pas lu ce rapport, Daniel. Peut-être devrais-je t'interroger sur tes projets d'avenir, si ta demande tient toujours.

Le sourire de guingois apparut au coin des lèvres de Daniel.

— Tu envisages donc de la prendre en considération ?

— C'est vrai que tu as toujours la boucle d'oreille sur toi ?

Daniel la sortit de la poche de sa veste.

— Elle va de pair avec une bague. Tout comme moi et cet enfant formons un tout, murmura-t-il en s'agenouillant.

La main sur le ventre d'Amanda, il écarquilla les yeux en sentant le bébé remuer.

— Il a donné un coup de pied! C'est un footballeur.

— Ou un danseur, qui sait?

Une expression de panique se refléta sur le visage de Daniel. Amanda sourit avec attendrissement.

— Ce n'est pas un coup de pied. Il dit juste bonjour à son père, chuchota-t-elle, la gorge nouée par l'émotion.

Daniel serra ses mains entre les siennes.

— Dans ce cas, mes projets d'avenir sont tout tracés. La prochaine fois, nous aurons peut-être une fille. Si tu veux, elle fera de la danse.

— Tu n'es pas obligé de m'épouser, tu sais. Pas à cause du bébé, en tout cas.

— Je veux me marier avec toi, avec ou sans enfant, Mandy. Quand je t'ai vue devant la Rolls, j'ai su que tu n'y monterais que pour te rendre à l'église avec moi. Il ne m'a pas fallu six mois pour m'apercevoir que la vie sans toi était un enfer. Si je n'avais pas été fou de jalousie en te voyant avec un autre homme au théâtre, j'aurais peut-être remarqué que tu étais enceinte.

— Cela aurait-il fait une différence?

— Cela m'aurait donné un prétexte pour écouter mon cœur et non ma raison. Maintenant, dis-moi si c'est oui ou non! Une demi-douzaine de personnes attendent la réponse dans le couloir, je te signale.

— Ils attendront encore quelques minutes. Embrasse-moi, Daniel!

— Tu as joué comme un chef, Tom! s'écria Daniel.

Il se tourna vers Amanda, qui contemplait son mari et son fils en souriant.

— Tu vois bien que le football est merveilleux !

— Pas le football, la vie de famille, rectifia-t-elle en glissant un bras sous le sien pour retourner vers la voiture. Et la semaine prochaine, ce sera ton tour d'applaudir le spectacle de danse de Maggy.

Prenant sa fille de quatre ans dans ses bras, Daniel lui déposa un gros baiser dans le cou.

— Je ne me lasse pas de la vie de famille, moi non plus.

— A propos, sais-tu si Sadie vient pour Noël ?

— Non seulement elle vient, mais un ami l'accompagne. J'ai l'impression que c'est sérieux, cette fois.

— Cela ne t'ennuie pas ?

— De devenir bientôt grand-père ? Pas le moins du monde !

— Tant mieux, parce que j'ai un cadeau spécial pour toi.

Daniel reposa Maggy à terre. La fillette rejoignit son frère en courant.

— Un cadeau de Noël avant l'heure ?

— D'anniversaire, plutôt.

— C'est dans sept mois, je te signale.

— T'ai-je déjà expliqué mon point de vue sur la démographie actuelle ?

— Le taux de naissance en chute libre et tutti quanti ?

— Exactement. Tu seras heureux d'apprendre que nous faisons de notre mieux pour compenser cet état de choses.

Le visage de Daniel s'illumina.

— C'est vrai ?

— Tu es content ?

— Et comment ! La famille, il n'y a que ça de vrai !

— Seulement si tu es là pour me tenir la main.

— Je ne suis pas près de te lâcher, crois-moi.

Pendant que Daniel l'embrassait, Amanda se souvint

de la vision qui avait marqué leur première rencontre. Des quatre petits paquets emmaillotés de blanc aux yeux bleus embrumés et au sourire de guingois, il n'en restait plus qu'un à mettre en route.

Le nouveau visage
de la collection Or

◆

AMOURS D'AUJOURD'HUI

Afin de mieux exprimer sa modernité et de vous séduire encore davantage, votre collection Or a changé de couverture et de nom depuis le 1er mars 1995.

Rassurez-vous, les romans, eux, ne changent pas, et vous pourrez retrouver dans la collection **Amours d'Aujourd'hui** tous vos auteurs préférés.

Comme chaque mois, en effet, vous y attendent des héros d'aujourd'hui, aux prises avec des passions fortes et des situations difficiles...

**COLLECTION
AMOURS D'AUJOURD'HUI :**
Quand l'amour guérit des blessures de la vie...

Chère lectrice,

Vous nous êtes fidèle depuis longtemps?
Vous venez de faire notre connaissance?

C'est pour votre plaisir que nous avons
imaginé un rendez-vous chaque mois
avec vos auteurs préférés, vos
AUTEURS VEDETTE dans les
collections Azur et Horizon.

Les AUTEURS VEDETTE vous
donneront rendez-vous pour de
nouveaux livres vedette.

Pour les reconnaître, cherchez
l'étoile... Elle vous guidera!

Éditions Harlequin

HARLEQUIN

LE FORUM DES LECTEURS ET LECTRICES

CHERS(ES) LECTEURS ET LECTRICES,

VOUS NOUS ETES FIDÈLES DEPUIS LONGTEMPS?

VOUS VENEZ DE FAIRE NOTRE CONNAISSANCE?

SI VOUS AVEZ DES COMMENTAIRES, DES CRITIQUES À
FORMULER, DES SUGGESTIONS À OFFRIR, N'HÉSITEZ
PAS… ÉCRIVEZ-NOUS À:
       LES ENTERPRISES HARLEQUIN LTÉE.
       498 RUE ODILE
       FABREVILLE, LAVAL, QUÉBEC.
       H7R 5X1

C'EST AVEC VOS PRÉCIEUX COMMENTAIRES QUE NOUS
ALLONS POUVOIR MIEUX VOUS SERVIR.

DE PLUS, SI VOUS DÉSIREZ RECEVOIR UNE OU
PLUSIEURS DE VOS SÉRIES HARLEQUIN PRÉFÉRÉE(S)
À VOTRE DOMICILE, NE TARDEZ PAS À CONTACTER LE
SERVICE D'ABONNEMENT; EN APPELANT AU
(514) 875-4444 (RÉGION DE MONTRÉAL) OU 1-800-667-4444
(EXTÉRIEUR DE MONTRÉAL) OU TÉLÉCOPIEUR
(514) 523-4444 OU COURRIER ELECTRONIQUE:
AQCOURRIER@ABONNEMENT.QC.CA OU EN ÉCRIVANT À:
       ABONNEMENT QUÉBEC
       525 RUE LOUIS-PASTEUR
       BOUCHERVILLE, QUÉBEC
       J4B 8E7

MERCI, À L'AVANCE, DE VOTRE COOPÉRATION.

BONNE LECTURE.

HARLEQUIN.

VOTRE PASSEPORT POUR LE MONDE DE L'AMOUR.

ROUGE PASSION

De fiévreuses histoires d'amour sensuelles!

De provocantes histoires d'amour passionnées et romantiques qu'on lit d'une seule traite. Aventureuses, parfois humoristiques, et sensuelles, elles mettent en vedette des hommes et des femmes d'aujourd'hui.

ROUGE PASSION... quatre nouveaux titres chaque mois.

COLLECTION
HORIZON

Des histoires d'amour romantiques qui
vous mènent au bout du monde!

Découvrez la passion et les vives
émotions qu'apportent à la Collection
Horizon des auteurs de renommée
internationale!

Captivantes, voire irrésistibles, ces
histoires d'amour vous iront
assurément droit au coeur.

Surveillez nos quatre nouveaux titres
chaque mois!

GEN-H

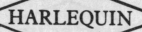

Composé sur le serveur d'Euronumérique, à Montrouge
PAR LES ÉDITIONS HARLEQUIN
Achevé d'imprimer en août 2000
sur les presses de l'Imprimerie Bussière
à Saint-Amand-Montrond (Cher)
Dépôt légal : septembre 2000
N° d'imprimeur : 1652 — N° d'éditeur : 8405

Imprimé en France